INES THORN

Ein
Weihnachtslicht
über SYLT

atb aufbau taschenbuch

INES THORN wurde 1964 in Leipzig geboren. Nach einer Lehre als Buchhändlerin studierte sie Germanistik, Slawistik und Kulturphilosophie. Sie lebt und arbeitet in Frankfurt am Main.
Im Aufbau Taschenbuch sind ihre Romane »Die Walfängerin«, »Die Strandräuberin«, »Ein Stern über Sylt« und »Der Horizont der Freiheit« lieferbar. Bei Rütten & Loening ist zudem »Die Bilder unseres Lebens« erschienen.
Mehr zur Autorin unter www.inesthorn.de.

INES THORN

Ein Weihnachtslicht über SYLT

Roman

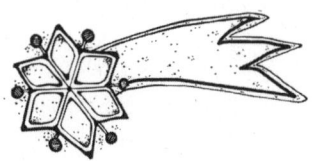

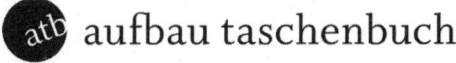
aufbau taschenbuch

ISBN 978-3-7466-3622-1

Aufbau Taschenbuch ist eine Marke
der Aufbau Verlage GmbH & Co. KG

2. Auflage 2022
Vollständige Taschenbuchausgabe
© Aufbau Verlag GmbH & Co. KG, Berlin 2017
Die Originalausgabe erschien 2017 bei Rütten & Loening,
einer Marke der Aufbau Verlage GmbH & Co. KG
Umschlaggestaltung www.buerosued.de, München
unter Verwendung von Motiven von © mauritius images /
imageBROKER / Ingo Schulz
Gesetzt aus der Goudy durch Greiner & Reichel, Köln
Druck und Binden CPI books GmbH, Leck, Germany
Printed in Germany

www.aufbau-verlage.de

1. Kapitel

Es schneit, es schneit!«, rief Mina fröhlich. Sie drehte sich im Kreis und streckte die Zunge heraus, um eine Schneeflocke zu fangen und in ihrem Mund schmelzen zu lassen. Jana und Lydia, ihre beiden Freundinnen, taten es ihr nach. Die drei Mädchen tanzten vor der Buchhandlung in der Friedrichstraße, so dass ein junges Paar ihnen lachend ausweichen musste. Gerade noch hatten sie die Kinderbücher im Schaufenster bestaunt, und Mina hatte sich auf der Stelle in ein Märchenbuch mit rotem Einband verliebt. Sie mochte Märchen, auch wenn Jana und Lydia das ein bisschen kindisch fanden und lieber Gregs Tagebücher oder Harry Potter lasen. Aber gab es denn etwas Schöneres als Märchen, die man im Winter vor dem Kamin lesen konnte, dabei eine Tasse heiße Schokolade in Reichweite?

Am Morgen war die kleine Stadt in der Mitte von Sylt noch von Nebelschleiern, die vom Meer kamen, eingehüllt gewesen, und dicke graue Wolken hatten wie schwere Federbetten am Himmel gehangen, doch Mina hatte gehört, dass die Lehrerin Frau Heimlein zum Hausmeister der Schule gesagt hatte, es rieche nach Schnee. Mina hatte keine Ahnung, wie Schnee roch, aber sie liebte es, die Flocken fallen zu sehen. Sie war nach der Schule mit ihren Freundinnen Jana und Lydia durch die große Einkaufsstraße Westerlands gelaufen, und sie hatten sich dabei gegenseitig erzählt, was sie sich zu Weihnachten wünschten. Jana hatte von einem roten Pullover mit silbernen Sternen geschwärmt, Lydia wünschte sich eine Blockflöte.

Sie waren an der Buchhandlung stehengeblieben, und Mina hatte das Märchenbuch entdeckt. Und dann hatte es plötzlich angefangen zu schneien. Dicke Flocken waren vom Himmel geschwebt und hatten sich auf die Mützen der Mädchen gelegt. Es hatte gar nicht lange gedauert, da bedeckte eine dünne weiße Schicht die Straße, lag auf Autodächern und setzte den wenigen Bäumen und Büschen weiße Hauben auf.

Die ersten Schneeflocken waren für Mina in jedem Jahr etwas ganz Besonderes. Sie zeigten an, dass Weihnachten vor der Tür stand und dass es Zeit war, den Wunschzettel zu schreiben.

Mina verabschiedete sich von ihren Freundinnen und rannte nach Hause. Die Hausaufgaben erledigte sie im Eiltempo, und dann saß sie an ihrem Schreibtisch und dachte über ihre Weihnachtswünsche nach.

Sie drückte den Buntstift fest auf das Papier und versuchte sich genau an das Cover des wunderbaren Märchenbuchs zu erinnern. Rot war der Einband gewesen.

Roter Samt. Die Buchstaben auf dem Einband waren aus Gold gewesen und hatten im Licht der Schaufensterlampen gefunkelt. Genau wie die Flocken, die durch das Licht, das von ihrer Schreibtischlampe nach draußen fiel, golden leuchteten. Es hatte seit heute Nachmittag ununterbrochen weitergeschneit, und der Schnee hatte den Garten und die Straße verzaubert. Wie im Märchenland, dachte Mina, und dann nahm sie den roten Buntstift aus dem Mund und versuchte weiter, das Märchenbuch auf ihren Weihnachtswunschzettel zu malen. Sie wünschte sich das Märchenbuch wirklich sehr; es war der zweitwichtigste Wunsch auf ihrer Liste, und sie sah sich schon die ganzen Weihnachtsferien über lesen.

Doch damit es dazu kommen konnte, musste der Weihnachtsmann genauestens instruiert werden. Und bisher hatte sie sich auch noch nie beklagen können. Der Weihnachtsmann hatte sie und ihren Bruder immer sehr großzügig mit Geschenken bedacht, etliche Wünsche erfüllt und meist auch noch ein Geschenk mitgebracht, das sie sich zwar gar nicht gewünscht hatten, das ihnen aber große Freude bereitet hatte. Letztes Jahr zum Beispiel hatten sie und ihr fünf Jahre alter Bruder Ben ein Spiel bekommen, das sie seitdem oft mit ihrem Papa Malte an den Wochenenden gespielt hatten.

Das allein ist doch auch schon ein Beweis dafür, dass es den Weihnachtsmann wirklich gibt, überlegte Mina. Sie dachte wieder an den vergangenen Schultag. Sie hatten im Unterricht über Weihnachten gesprochen. Es ging darum, dass Weihnachten das Fest der Liebe und der Familie war. Mina war bei diesen Worten ganz warm ums Herz geworden. Sie freute sich auf Weihnachten, auf die gemeinsame Zeit mit ihrem Bruder Ben und ihrem Vater Malte. Sie freute sich auf den Besuch bei Oma Erna und Opa Walther, den Schmorbraten, den Oma Erna immer machte, die Weihnachtslieder, die aus dem Radio klangen, die vielen Lichter in der kleinen Wohnung ihrer Großeltern und den Duft nach Orangen, Äpfeln und Zimt.

Während Mina in der Pause noch ganz ihren Gedanken nachgehangen hatte, war Jasper auf sie zugekommen.

»Ich backe am Wochenende mit meiner Mama Plätzchen«, hatte er verkündet.

»Wir machen das auch«, hatte Mina nur geantwortet, in der Hoffnung, ihn damit abwimmeln zu können.

Doch Jasper ließ nicht locker. »Du hast aber gar keine Mama!«

Jeder wusste natürlich über Minas besondere Familiensituation Bescheid. Sie lebte mit ihrem Papa Malte und ihrem Bruder Ben alleine in einem schönen, großen Friesenhaus am Rande von Westerland. Eine Mama für sie und Ben und eine Frau für Papa Malte gab es nicht. Ihre Mama war gestorben, als Mina gerade fünf und ihr Bruder zwei Jahr alt gewesen waren. Sie war eines Morgens zum Einkaufen gegangen und einfach nicht wiedergekommen. Ein LKW mit überhöhter Geschwindigkeit, hatten die Erwachsenen gesagt. Mina konnte sich kaum noch an ihre Mama erinnern. Ein Foto im silbernen Rahmen, das auf dem Schreibtisch stand, zeigte sie auf dem Arm ihrer Mutter. Wenn sie es genau betrachtete, konnte sie sehen, dass sie große Ähnlichkeiten mit der Frau auf dem Foto hatte: dasselbe dunkelblonde Haar, dieselbe blaugraue Augenfarbe, dieselben geschwungenen Lippen. Nur die Grübchen auf der Wange und die Nase mit den Sommersprossen, die hatte Mina von ihrem Papa.

»Zu einer richtigen Familie gehören nämlich Mama und Papa«, redete Jasper weiter.

»Ich habe auch eine Mama. Die wohnt eben nur nicht bei uns, sondern im Himmel. Aber vielleicht bringt mir ja der Weihnachtsmann eine neue Mama«, entgegnete Mina.

Da hatte Jasper die Augen und den Mund weit aufgerissen und ganz verblüfft geguckt, so dass Mina zunächst glaubte, er bekäme keine Luft mehr. Und dann hatte er angefangen zu lachen. Aus seinem Mund kamen glucksende Geräusche, die sich steigerten und an ein wieherndes Pferd erinnerten. Mina blickte sich nach Frau Heimlein um, ihrer Lehrerin, die an diesem Tag Pausenaufsicht hatte. Doch Frau Heimlein sprach gerade mit einem Jungen aus der Parallelklasse. Dafür kam nun noch Henning dazu, Jaspers Freund und Sitznachbar. Verwundert starrte er Jasper an. »Warum lachst du denn so?«, wollte er wissen. »Habe ich etwas verpasst?«

»Mi... Mina ... Mina glaubt ... Sie glaubt noch an ... den Weihnachtsmann«, prustete Jasper und tat so, als müsste er sich vor Lachen den Bauch halten.

Mina blickte verlegen zu Boden und wünschte sich, ein Loch möge sich auftun, damit sie darin verschwinden könne.

Da fing auch Henning an zu spotten. »Jeder weiß doch, dass die Eltern die Geschenke kaufen und unter den Weihnachtsbaum legen und der Weihnachtsmann nur eine Erfindung für Babys ist.« Spöttisch blickte er Mina an.

Mina schämte sich, aber eigentlich wusste sie gar nicht so recht, warum. Hatten Jasper und Henning wirklich recht? War der Weihnachtsmann tatsächlich nur eine Erfindung der Erwachsenen? Kaufte in Wahrheit ihr Papa die Geschenke und legte sie unter den Baum? Hilfesuchend blickte sich Mina nach ihren Freundinnen um. »Stimmt das?«, fragte sie die beiden Mädchen. »Glaubt ihr auch, dass die Eltern die Geschenke kaufen und unter den Baum legen?«

Während Jana tat, als hätte sie nichts gehört, druckste Lydia herum. »Ich ... ich weiß nicht genau. Mir ist es egal, wer die Geschenke bringt. Hauptsache ist doch, dass wir etwas bekommen«, sagte sie leise, so dass ihre Worte beinahe in dem Geläut der Pausenglocke untergingen.

Frau Heimlein stand an der Schultür und winkte den letzten, die langsam herbeigeschlendert kamen. Jana und Lydia rannten zu ihr, aber Mina ließ sich Zeit. Sie ahnte, dass Jasper und Henning den anderen Kindern bereits von ihrem Gespräch auf dem Pausenhof erzählt hatten. Als Mina nach allen anderen in die Klasse schlüpfte, stellte sich ihr auch Franziska direkt in den Weg. »Sag mal, Mina, glaubst du dann auch noch an den Klapperstorch?«

»Ja, meinst du, der hat dir deinen Bruder gebracht, weil du doch keine Mama hast«, stimmte auch Marina mit ein.

Mina spürte, wie ihr die Schamesröte ins Gesicht stieg. Ihr wurde auf einmal ganz warm, und sie hatte das Gefühl, nur schlecht Luft zu kriegen.

»Ich ... ich ...«, stotterte sie, nach einer Erklärung suchend. Zum Glück betrat Frau Heimlein den Klassenraum, alle Kinder huschten auf ihre Plätze, und der Unterricht begann.

Nach der Schule hatte Mina so lange getrödelt, bis Henning und Jasper gegangen waren. Erst dann hatte sie Jana und Lydia überredet, den etwas längeren Heimweg über die Friedrichstraße zu nehmen. Es konnte schließlich sein, dass Jasper und Henning irgendwo auf sie warteten, um sie noch mehr zu verspotten.

Und dann hatte es geschneit, und Mina hatte allen Kummer vergessen. Doch als sie zu Hause angekommen war, fielen ihr Hennings und Jaspers Gelächter wieder ein, so dass sie kaum das Mittagessen herunterbekam, das Malte für sie gekocht hatte.

»Ist irgendetwas?«, hatte der Vater gefragt und sie besorgt angesehen. »Hattest du Ärger?«

Mina hatte mit dem Kopf geschüttelt und war nach oben in ihr Kinderzimmer gegangen. Und da saß sie nun und überlegte, ob sie tatsächlich wieder einen Wunschzettelbrief an den Weihnachtsmann schreiben sollte, denn was würde passieren, wenn es den Weihnachtsmann wirklich nicht gab? Aber warum hatte ihr Papa Malte dann gesagt, der Weihnachtsmann würde auf die Wunschzettel von ihr und Ben warten? Er wusste ja, was sie sich wünschten, und brauchte keinen Extrabrief. Ihr kamen Lydias Worte wieder in den Sinn. Nein, die Geschenke waren wichtig, aber nicht das Wichtigste. Und es war nicht egal, wer sie brachte. Es wäre einfach schön, wenn es den Weihnachtsmann gäbe.

Mina legte den Rotstift beiseite und angelte nach dem gelben Buntstift, um die Buchstaben auf ihrer Märchenbuchzeichnung auszumalen. Seit sie einen Stift halten konnte, hatte sie jedes Jahr ein Bild für den Weihnachtsmann gemalt. Seit sie schreiben konnte, schrieb sie ihre Wünsche vorsorglich noch neben die Bilder, damit dem Weihnachtsmann bei der Bildinterpretation kein Fehler unterlief. Schließlich konnte sie noch nicht alles, was sie sich wünschte, auch ganz naturgemäß wiedergeben. Und wenn sie an die Zeichnungen ihres kleinen Bruders Ben dachte, war es eigentlich auch ein Wunder, dass der Weihnachtsmann statt des gewünschten Hundewelpen nicht schon mal irgendwann ein Pferd, eine Kuh oder ein Wollknäuel mit Armen und Beinen unter den Baum gelegt hatte. Mina malte den letzten Buchstaben aus und überlegte, was sie sich außerdem noch wünschen könnte.

Plötzlich knallte ihre Tür gegen den Kleiderschrank, und Ben, ihr kleiner Bruder, stürmte herein.

»Mina, guck mal, ich hab mein Bild für den Weihnachtsmann fast fertig, aber ich brauche deine Hilfe«, sagte er und legte Mina das Blatt Papier hin.

In der rechten Ecke prangten mehrere bunte Rechtecke mit kleinen Knubbeln. Mina deutete darauf. »Was soll das denn sein?«, fragte sie.

»Legos«, erklärte Ben. »Damit kann ich noch mehr Häuser bauen und einen Bahnhof, und wenn ich ein paar kleine Tiere bekomme, dann könnte ich auch einen Zoo bauen.«

Mina wusste, dass Bens Lieblingsspiele alle mit Legobausteinen zu tun hatten. Sie schrieb das Wort »Lego« neben Bens Zeichnung.

Weiter unten sah sie einen roten Kasten mit vier schwarzen Kreisen darunter und etwas, das wie eine Antenne in den Himmel ragte.

»Das ist ein Feuerwehrauto?«, fragte sie, um ganz sicherzugehen.

»Ja. So eins, wie wir es im Kindergarten haben. Genau so eins.«

»Ich weiß nicht, ob der Weihnachtsmann weiß, welches Feuerwehrauto ihr im Kindergarten habt, aber wenn du möchtest, dann schreibe ich es dazu.«

Ben nickte.

»Und was ist das?«, fragte Mina und deutete auf einen braunen Kreis mit schwarzen Strichen.

»Das ist ein Hundewelpe«, erklärte Ben. »Ich kann aber keine Schnauze malen. Kannst du mir das machen?«

Mina suchte einen braunen Stift aus ihrer Federmappe und malte dem braunen Kreis ein Dreieck – an die eine Seite mit einem schwarzen Punkt vornedran für die Hundenase und mit zwei kleineren Dreiecken für die Ohren obendrauf.

Ben nickte zufrieden. »Schreibst du noch drauf, dass es ein Hundewelpe ist? Dann weiß der Weihnachtsmann gleich Bescheid. Und wenn es kein braunes Hündchen mehr gibt, nehme ich eben ein schwarzes. Schreibst du das bitte auch noch auf den Wunschzettel?«, bat er.

»Glaubst du denn, dass es den Weihnachtsmann gibt?«, fragte Mina.

Ben zuckte mit den Schultern und blickte seine Schwester verständnislos an. »Wer soll denn sonst die Geschenke unter den Baum legen, während wir in der Kirche sind?«

Das stimmte natürlich. Jedes Jahr gingen Mina, Ben und ihr Vater Malte in den Kindergottesdienst am Nachmittag des Heiligen Abend. Und jedes Jahr legten sie eine Decke vor den Kaminofen, damit der Weihnachtsmann weich fiel. Und jedes Jahr war die Decke rußverschmiert, wenn sie aus der Kirche kamen, und die Geschenke lagen unter dem Baum. Wer sollte das sonst machen, wenn nicht der Weihnachtsmann? Mina betrachte ihren Bruder stolz. Für seine fünf Jahre war er wirklich schlau und auch gar nicht so nervig wie die kleinen Geschwister ihrer Freundinnen. Mina mochte Ben. Und sie fühlte sich für ihn verantwortlich. Wenn schon keine Mama auf ihn aufpasste, dann wenigstens sie. Und wenn Ben an den

Weihnachtsmann glaubte, dann wollte sie das auch tun. Doch ein Restzweifel blieb.

Ben hatte unterdessen angefangen, seinem Bild für den Weihnachtsmann den letzten Schliff zu verpassen, und malte, wie er erklärte, kleine Schneeflocken. Auch Mina nahm wieder einen Stift zur Hand und zeichnete neben das Märchenbuch eine Puppe mit langen schwarzen Haaren und einen kleinen, braun-weiß gefleckten Hundewelpen. Sie waren beide so in ihre Arbeit vertieft, dass sie hochschraken, als eine Stimme von unten ertönte.

»Mina, Ben, Abendessen!«

Mina und Ben stürmten die Treppe hinunter. Ihr Vater war gerade dabei, die Teller auf den Tisch zu stellen. Mina schnappte sich das Besteck, während Ben Brot und Käse von der Arbeitsplatte nahm und zum Esstisch trug. Als alles gedeckt war und jeder seinen Platz eingenommen hatte, goss Malte seinen Kindern und sich Tee in die Tassen und schüttete einen Schwapp Milch hinein. Unter der Woche tranken sie ihren Tee abends immer so. Nur am Wochenende oder an Feiertagen kam der berühmte Klecks Sahne, auf Sylt »Rohm« genannt, anstelle der Milch in den Tee. Ben plapperte ununterbrochen und erzählte von seinem Tag im Kindergarten. Wie er und sein Freund Lasse draußen Ritter gespielt hatten und wie er die hübsche Anika, für die er schwärmte, als Burgfräulein gewinnen konnte. Mina hörte kaum zu, weil sie die ganze Zeit überlegte, ob es den Weihnachtsmann nun gab oder nicht. Ob sie ihren Vater fragen sollte?

»Mina, was ist los? Du bist noch immer so still wie beim Mittagessen.« Die Frage ihres Vaters durchbrach ihre Gedanken.

»Nichts weiter«, antwortete Mina vage und wich seinem Blick aus.

»Das glaub ich dir nicht. Normalerweise lieferst du dir mit Ben einen Wettstreit, wer mehr erzählen kann, und heute überlässt du ihm das Feld? Komm schon! Ist in der Schule etwas passiert?« Ihr Vater blickte sie fest an.

Mina seufzte, fasste sich ein Herz und fragte: »Papa, gibt es den Weihnachtsmann?«

Überrascht blickte Malte sie an. »Den Weihnachtsmann?«, wiederholte er. »Wie kommst du auf diese Frage?«

»Jasper und Henning haben gesagt, nur Babys glauben an den Weihnachtsmann. In Wirklichkeit gibt es nämlich gar keinen Weihnachtsmann. Stattdessen kaufen die Eltern die Geschenke und legen sie den Kindern hin.«

Mina merkte, wie sie immer schneller redete. Das tat sie jedes Mal, wenn sie aufgeregt war. Gerade als ihr Vater den Mund öffnete, um eine Antwort zu geben, klingelte es an der Tür. »Entschuldige«, sagte er, sprang auf und ging zur Tür.

Ben und Mina konnten von ihrem Platz am Esstisch eine leise Frauenstimme hören, und kurz darauf kam ihr Papa zurück, gefolgt von Cornelia, der Nachbarin.

»Ich hoffe, ich störe nicht«, sagte sie, und Mina fand,

dass ihre Stimme irgendwie piepsig klang. Dann lachte Cornelia, ohne dass Mina dafür einen Grund erkennen konnte, und warf sich ihre blonden Haare über die Schulter.

»Nein. Du störst nicht. Setz dich doch. Möchtest du auch einen Tee?«, antwortete Malte und holte noch eine Tasse aus dem Schrank.

Cornelia setzte sich, dann nahm sie Bens Tasse und schob sie ein Stück weit weg, so dass Ben nicht mehr drankam, und stellte ihre Tasse an diesen Platz. Dann hob sie die Tasse an und legte beide Hände darum, als ob ihr sehr kalt wäre. »Oh, danke. Das tut gut. Bei diesem Wetter gibt es nichts Besseres als einen warmen Tee.« Sie lächelte in die Runde und trank mit spitzen Lippen.

»Wir haben gerade darüber gesprochen, wer die Geschenke an Weihnachten bringt. Weißt du eine Antwort?«, fragte Malte.

Mina funkelte ihren Vater wütend an, aber Malte verstand wohl nicht, dass Minas Frage sehr intim und keinesfalls für fremde Ohren bestimmt war.

»Na, das ist doch ganz einfach. Den lieben Kindern bringt der Weihnachtsmann die Geschenke, den bösen Kindern müssen die Eltern Geschenke kaufen, damit sie nicht leer ausgehen. Und wenn die Eltern nicht gleich merken, dass der Weihnachtsmann sich von ihren frechen Kindern zurückzieht, kann es sogar passieren, dass die Kinder an Weihnachten gar nichts bekommen. Deshalb ist es ganz wichtig, die Erwachsenen nicht zu stören, sich immer ordentlich die Zähne zu putzen und rechtzeitig ins Bett zu gehen«, erklärte Cornelia.

Ben starrte sie entsetzt an, und auch Mina erschrak.

»Ich glaube, ich geh jetzt ganz schnell ins Bett, damit der Weihnachtsmann auch wirklich weiß, dass ich lieb bin und nicht merkt, dass wir heute später dran sind als sonst«, rief Ben. Er stopfte sich den Rest seines Leberwurstbrotes in den Mund, sprang von seinem Stuhl auf und lief nach oben ins Bad. Mina trank hastig ihren Tee aus, dann folgte sie ihrem Bruder.

Später konnte Mina lange nicht einschlafen. Sie drehte sich von der linken auf die rechte Seite und wieder zurück, oder sie starrte an die Decke, versuchte sich auf die leuchtenden Sterne, die als Aufkleber an ihrer Zimmerdecke klebten, zu konzentrieren, doch immer wieder kamen ihr Cornelias Worte in den Sinn. Mina spürte, wie der Ärger sich langsam in Traurigkeit verwandelte. Und das hatte nur zum Teil etwas mit dem Weihnachtsmann zu tun. Sie vermisste ihre Mama, an die sie sich kaum noch erinnern konnte. Alle ihre Freunde hatten Eltern. Eine Mama und einen Papa. Manche hatten sogar noch einen Stiefpapa und eine Stiefmama. Sie und Ben hatten dagegen nur einen Papa. Der gab sich wirklich alle Mühe, aber eine Mama fehlte Mina trotzdem. Jemand, der verstehen konnte, warum der rosafarbene Schlafanzug schöner war als der orangefarbene. Jemand, der ihr abends sanft übers Haar strich und ein Schlaflied sang. Jemand, der nach Blumen roch, dessen Haare beim Gute-Nacht-

Kuss an den Ohren kitzelten und den man jederzeit alles fragen konnte.

Sie stand auf, um zu ihrem Papa hinunterzugehen. Sie wusste zwar, dass es Malte nicht mochte, wenn die Kinder nach der Bettzeit noch einmal kamen, doch ihre Frage drängte sie. Sie musste unbedingt wissen, ob es den Weihnachtsmann gab oder nicht.

Auf der obersten Treppenstufe blieb sie wie angewurzelt stehen. Cornelia war immer noch da! Bis in den ersten Stock hinauf konnte sie ihre Stimme hören: »Du machst wirklich einen tollen Job. Wie aufopfernd du dich um die beiden kümmerst. Das ist mit Sicherheit nicht leicht. Du bleibst dabei ja selbst ganz auf der Strecke«, hörte Mina die Nachbarin sagen.

»Och, ich genieße die Zeit mit meinen Kindern. Ich habe nicht das Gefühl, dabei auf der Strecke zu bleiben«, gab ihr Vater zurück, und Mina lächelte. »Auch wenn es natürlich schön wäre, wieder eine Frau an meiner Seite zu haben.«

Minas Lächeln erstarb auf der Stelle. Ihr Herz begann rasch und hart zu klopfen. Dass ihr Papa eine neue Frau haben wollte, schockierte sie nicht. Aber warum sprach er ausgerechnet mit Cornelia darüber?

»Ach, ein so toller Mann wie du kann jede haben, aber das weißt du wahrscheinlich.«

»Oh, danke. Na dann sollte ich mich wohl mal auf die Suche nach den tollen Frauen da draußen machen. Ich hoffe nur, ich muss dafür nicht aufs Festland ziehen«, hörte Mina ihren Vater sagen. Es klang warm und weich. Langsam ließ sich Mina auf die oberste Treppenstufe sinken. Das, was sie da gerade hörte, überraschte sie. Noch nie hatte der Vater gesagt, dass er sich nach einer neuen Frau sehnte. Wie konnte er auch? Mama war die hübscheste und netteste Frau auf der Welt gewesen. Es gab keine, die so war wie sie. Mina zog nachdenklich die Unterlippe zwischen die Zähne. Und was, wenn die Frau, die sich der Vater aussuchte, Mina und Ben nicht mochte? Über Minas Rücken rieselte ein kalter Schauer. Oder noch schlimmer: Was wäre, wenn die neue Frau auch sie und ihren Bruder nicht mochte, oder sie beide die Frau nicht ausstehen konnten?

Mina spürte, wie Tränen in ihr aufstiegen. Am liebsten wäre sie nach unten gelaufen und hätte sich ihrem Vater direkt in die Arme geworfen. Doch da war ja Cornelia. Und vor ihr wollte sie nicht weinen. Mina stand auf und ging langsam zurück in ihr Bett. Dort zog sie sich das Kissen über die Ohren und schlief doch schneller ein, als sie erwartet hatte.

2. Kapitel

$\mathcal{Am}$ nächsten Morgen war ganz Sylt mit einer silbernen Reifschicht überzogen, die in der langsam aufgehenden Sonne glitzerte und funkelte wie die schönsten Diamanten. Die schweren Schneewolken hatten sich verzogen und einem strahlenden blauen Himmel Platz gemacht. Der Wind pfiff in einer steifen Brise vom Meer und brachte den Geruch nach Salz und Fisch mit.

»Es ist glatt draußen. Und auch ziemlich kalt. Soll ich euch beide heute mit dem Auto bringen?«, fragte Malte beim Frühstück.

Während Ben mit seinen Armen ruderte, um freudigen Jubel anzuzeigen, schüttelte Mina den Kopf. Natürlich wäre es toll, wenn sie, statt durch den Frost zu schlurfen, in Papas warmem Auto sitzen und sich bis zur Schule fahren lassen könnte. Aber wenn Jasper und Henning das mitbekämen, würden sie nur noch weiter spotten, dass sie sich wie ein Baby zur Schule bringen ließ.

»Nein, danke. Ich bin auf dem Weg mit Lydia und Jana verabredet«, antwortete Mina. Sie erhob sich und stellte ihr Frühstücksgeschirr in die Spülmaschine.

Wenig später standen sie alle im Flur, und Mina half Ben dabei, die Schnürsenkel richtig zu binden, während ihr Vater den Autoschlüssel suchte. Kaum waren sie angezogen, schlüpfte Mina zur Tür hinaus, winkte ihrem Bruder und ihrem Vater und marschierte davon. Sie ging den Deichweg, die Straße, in der ihr Haus stand, hinunter, bog an der zweiten Querstraße nach rechts in den Jap-Peter-Hansen-Wai ab, lief bis zur nächsten Abzweigung, wo sie sich nach links in die Hans-Böckler-Straße wandte. In dieser Straße wohnte ihre Freundin Lydia und ein Stückchen weiter auch Jana. Die beiden warteten tatsächlich schon auf Mina.

»Hallo, Mina. Stell dir vor, meine Eltern haben mir gestern versprochen, dass wir in den Weihnachtsferien wegfahren. Sie wollen endlich mal wieder in die Berge, haben sie gesagt. Wir werden Weihnachten also in einer echten kleinen Holzhütte feiern. Ich bin schon völlig aufgeregt«, plapperte Jana direkt los. Ihre Wangen waren gerötet, und die braunen Augen glänzten. Mina freute sich ehrlich für Jana, doch die Vorstellung, wie Jana mit ihren beiden kleinen Geschwistern, den Zwillingen Justus und Julius, und ihren Eltern gemeinsam in einer Holzhütte unter einem schön geschmückten Weihnachtsbaum sitzen würde, versetzte ihr trotzdem einen Stich.

Auch Lydia wirkte nicht gerade fröhlich. »Wie feiert ihr denn Weihnachten?«, fragte Mina.

»Ach, da passiert nichts Besonderes. Ich feiere mit meiner Mutter und mit meiner Schwester den Heiligen

Abend. Am ersten Weihnachtsfeiertag werden wir dann mittags zu meinen Großeltern fahren und den Abend und den darauffolgenden zweiten Weihnachtsfeiertag mit meinem Vater und seiner neuen Frau verbringen.«

»Freust du dich nicht darauf?«, wollte Mina wissen.

Lydia zuckte mit den Schultern. »Ich würde lieber mit Mama und Papa feiern. So wie damals, als sie noch nicht geschieden waren.«

Mina nickte tröstend. Insgeheim fand sie, dass Scheidungen zwar doof waren, aber immerhin hatte Lydia noch ihren Vater und ihre Mutter.

Die drei Mädchen hatten auf dem Weg getrödelt. Als die Kirchturmuhr von St. Nicolai in der Nähe der Schule plötzlich acht Uhr schlug, schraken sie aus ihrem Gespräch und rannten zum Schulgebäude. Zum Glück war Frau Heimlein von einem besorgten Elternpaar aufgehalten worden und kam knapp nach den drei Mädchen in den Klassenraum. Viel Zeit zum Durchschnaufen blieb aber nicht, denn ihre Lehrerin teilte die Arbeitshefte aus.

»Denkt dran, was wir in den letzten Stunden besprochen haben. Präsens ist die Gegenwartsform und Präteritum die einfache Vergangenheit. Bitte schreibt in der nächsten halben Stunde auf, wie ihr das letzte Jahr Weihnachten gefeiert habt und was euch gut gefallen hat. Achtet dabei auf die richtigen Zeiten.«

Mina kaute auf ihrem Stift herum und überlegte fieberhaft. Was könnte sie bloß schreiben? Wenn sie schrieb, dass sie jedes Jahr dem Weihnachtsmann einen Brief schrieb und dass sie ihm eine Decke vor den Kamin legten, würden Jasper und die anderen, wenn sie es mitbekämen, sie wieder Baby nennen und auslachen. Würde sie schreiben, dass sie jedes Jahr am Morgen des 24. auf den Friedhof gingen, würden alle denken, Weihnachten sei bei ihnen zu Hause kein schönes und fröhliches Fest, und das wollte Mina schon gar nicht. Was könnte sie also schreiben, das schön war, der Wahrheit entsprach und mit dem sie sich nicht blamieren würde? Als sie dachte, sie hätte ihren Stift fast durchgekaut, kam ihr die zündende Idee. Mina beugte sich über ihr Heft und schrieb so schnell, wie sie nur konnte. Ihr Mund verzog sich dabei zu einem Lächeln. Und selbst als Frau Heimlein die Hefte einsammelte, lächelte sie noch immer.

Zwei Tage später brachte Frau Heimlein die korrigierten Aufsätze wieder mit. Während die Schüler Aufgaben aus dem Buch bearbeiteten, ging die Lehrerin von Schüler zu Schüler, legte den Aufsatz auf den Tisch und sagte ein paar Sätze zu der Arbeit. Mina konnte sich kaum auf die Aufgaben konzentrieren und zappelte vor Aufregung auf ihrem Stuhl hin und her. Was würde Frau Heimlein zu ihrem Aufsatz sagen? Schüler um Schüler bekam seine Arbeit zurück, und Minas Aufregung stieg. Sie fühlte sich fast wie ein Luftballon, in den man so viel Luft blies, dass er zu platzen drohte. Doch da war die Lehrerin bereits bei Luisa, der einzigen, die außer Mina noch nicht ihren Aufsatz bekommen hatte, angelangt und sprach leise mit ihr.

Als sie fertig war, drehte sich Frau Heimlein um und ging zum Pult zurück.

»Sie haben mich vergessen!«, platzte Mina heraus.

»Nein, Mina. Habe ich nicht. Du bekommst deine Arbeit heute Nachmittag zurück. Ich würde darüber gerne mit dir und deinem Vater sprechen. Ich habe ihn vorhin angerufen, er kommt nach der Schule her.«

Mina wurde kreidebleich. »Hab ich etwas falsch gemacht?«, wisperte sie.

»Nein. Du hast gar nichts falsch gemacht. Ich wollte deinen Aufsatz nur nicht so unkommentiert zurückgeben. Du brauchst dir keine Sorgen zu machen.« Frau Heimlein hatte gut reden.

Den ganzen Schultag über blickte Mina immer wieder nervös zur Uhr hinüber. Um drei Uhr kam ihr Vater schließlich mit Ben im Schlepptau.

»Mina, was hast du angestellt?«, fragte er, doch er klang nicht verärgert.

»Gar nichts, glaub ich«, erwiderte Mina.

Frau Heimlein begrüßte Malte und Ben und kam gleich zur Sache. »Herr Neubauer, danke, dass Sie sich die Zeit genommen haben und zum Gespräch gekommen sind. Wie ich am Telefon schon angedeutet habe, geht es um den Aufsatz, den Mina geschrieben hat. Aber bitte, lesen Sie selbst«, sagte sie und reichte Malte Minas Schulheft.

Während ihr Vater las, blickte sich Mina in ihrem Klassenzimmer um, als betrachtete sie die Gegenstände darin zum ersten oder zum letzten Mal, nur damit Frau Heimlein nicht an ihrem Gesicht ablesen konnte, wie unangenehm Mina die ganze Situation war. Ihr Bruder saß an einem der Tische und malte. Auf den Fensterbänken standen verschiedene Pflanzen, für die die Kinder gemeinsam sorgten, genau wie für das Aquarium, das im hinteren Teil des Raums stand. Neben dem Aquarium gab es eine kleine Leseecke, und daneben stand ein Regal, in dem die Schüler ihre Kunstsachen aufbewahren durften. An den Wänden hingen Zeichnungen der Schüler, eine Schautafel über das kleine Einmaleins und eine Übersicht über die Zeitformen, die sie gerade im Deutschunterricht besprachen.

Endlich war ihr Vater mit dem Lesen fertig und ließ das Heft sinken.

»Ach, Mina ...«, sagte er leise und sah seine Tochter zärtlich an.

Mina spürte, wie sich ihr Hals zuzog und sich ihre Augen mit Tränen füllten. Sie hatte nicht beabsichtigt, ihm Kummer oder Sorgen zu machen.

»Du hast von einem Engel geschrieben, der dir und Ben letztes Jahr erschienen ist. Hast du damit Mama gemeint?«, fragte er so leise, dass Mina ihn beinahe nicht verstanden hätte.

Zaghaft nickte sie.

»Du vermisst sie sehr, nicht wahr?«, fragte Papa weiter.

Und nun konnte Mina ihre Tränen nicht länger zurückhalten. Als hätte jemand einen Staudamm zum Überlaufen gebracht, strömten die Tränen aus ihren Augen und rollten als große Tropfen über ihre Wangen. Malte zog Mina in seine Arme und streichelte ihr sanft über den Rücken. »Pscht, pscht, pscht«, flüsterte er dabei.

Als Minas Tränen versiegt waren, bat Frau Heimlein sie, ihrem Bruder in der Leseecke etwas vorzulesen, während sie noch mit ihrem Vater sprechen wollte.

3. Kapitel

Herr Neubauer, Mina ist eine gute Schülerin, darum geht es gar nicht. Sie ist sehr fleißig und neugierig. Sie hat auch einen guten Kontakt zu ihren Mitschülern, aber man merkt sehr deutlich, dass ihr die Mutter fehlt. Bitte verstehen Sie mich nicht falsch, ich bewundere sehr, wie Sie den Alltag mit den beiden Kindern bewältigen. Sie machen das toll. Aber Mina wird bald in die Pubertät kommen, und schon jetzt zeigen sich erste Abgrenzungstendenzen gegenüber den Jungs in der Klasse. Das ist soweit vollkommen normal, aber es ist wichtig, dass die Mädchen ein weibliches Vorbild in ihrem Umfeld haben. Normalerweise nimmt die Mutter diese Rolle automatisch ein. In Ihrem Fall ist das leider schwieriger. Gibt es eine Oma oder Tante, eine gute Freundin, die sich vielleicht ein bisschen mit um Mina kümmern und die als weibliches Vorbild für Ihre Tochter fungieren könnte?«

Malte Neubauer blickte die Lehrerin erschrocken an.

»Ich weiß, dass den Kindern ihre Mutter fehlt, aber ich dachte, dass wir uns zu dritt ganz gut eingespielt haben«, sagte er mehr zu sich selbst.

»Das haben Sie auch. Aber langsam kommt Mina in ein Alter, in dem sie ein weibliches Gegenüber für ihre Fragen und Sorgen braucht, in dem sie jemanden braucht, der ihr aus weiblicher Perspektive das Leben zeigt. Und das geht über Zöpfeflechten leider weit hinaus.« Frau Heimlein blickte zu Mina und lächelte ihr zu.

»Gibt es denn jemandem in Ihrem Umfeld, der für Mina eine solche Vorbildfunktion einnehmen könnte?«

»Mh ... meine Mutter wohnt leider auf dem Festland«, überlegte Malte Neubauer. »Vielleicht kann ich unsere Nachbarin fragen.«

»Machen Sie das«, ermunterte Frau Heimlein ihn. »Sie werden sehen, wie gut Mina ein weibliches Vorbild tun wird. Und es wird Sie auch entlasten.«

Malte Neubauer straffte die Schultern und rief seine Kinder zu sich.

»Danke, Frau Heimlein, für die ehrlichen Worte«, sagte er und meinte es auch genauso.

Auf dem Nachhauseweg parkte Malte den Wagen in der Nähe der Friedrichstraße. Sie brauchten für das Abendessen noch einige Kleinigkeiten, und er hatte festgestellt, dass die Winterjacken seiner Kinder auch schon deutlich bessere Tage erlebt hatten. In einem Bekleidungsgeschäft fanden sie schnell das Jacken-Angebot. Ben entschied sich schon nach kurzer Zeit für eine leuchtend rote Jacke mit dunkelblauen Streifen an den Ärmeln, die ihn aussehen ließ wie einen Feuerwehrmann. Mina fiel die Entscheidung nicht so leicht. Das heißt, ihr eigentlich schon, doch ihr Vater war leider anderer Meinung. Während Mina sich augenblicklich in einen beigefarbenen Mantel mit kleinen Blumen-Applikationen verliebt hatte, versuchte Malte seiner Tochter die viel praktischere und waschmaschinentaugliche, robuste Daunenjacke in Dunkelblau anzupreisen.

»Mina, der Mantel ist so hell. Man wird sofort jeden Fleck darauf sehen.«

»Aber in der blauen Jacke sehe ich aus wie ein aufgeplusterter Zwerg«, hielt Mina dagegen. Sie konnte förmlich hören, wie Henning und Jasper sie auslachen würden.

Ihr Vater verdrehte die Augen. »Mina, es reicht jetzt. Ich bezahle, also entscheide ich auch, welche Jacke wir jetzt nehmen. Außerdem ist es kalt, und in dem Mantel wirst du permanent frieren.«

Plötzlich brach etwas in Mina. Sie wusste selbst nicht genau, was geschah. In ihrer Brust explodierte etwas, ihre Stimme begann zu zittern. »Du bist so gemein!«, hörte sie sich fauchen. »Ich werde auf gar keinen Fall diese hässliche Jacke anziehen! Eine Mama würde mir niemals so eine bekloppte Jacke andrehen!«

Erst als die Leute, die sich die an den umstehenden Kleiderständern hängenden Pullover, Jeanshosen oder Kleider ansahen, sich zu Mina umdrehten und sie streng anblickten, beruhigte sie sich langsam wieder. Sie hörte auf zu schreien, doch der Ärger saß ihr noch immer in der Kehle.

»Gut, dann bekommst du eben keine neue Jacke«, sagte Malte. Er drehte sich um und ging mit Ben in Richtung Kasse.

Es war dunkel, leichter Nieselregen hatte eingesetzt, als Malte das Auto in der Einfahrt des Hauses parkte. Er hatte das alte Friesenhaus vor vielen Jahren preisgünstig von einer alten Dame erwerben können und es zusammen mit seiner Frau Helena umgebaut. Die ehemals kleinen windschiefen Fenster waren durch große Glasfronten ersetzt worden, die viel Licht in die Innenräume ließen. An das Wohnzimmer schloss sich ein großzügiger beheizter Wintergarten an, in dem seine Frau damals eine Bibliothek eingerichtet hatte. Zur Vorderseite des Hauses schob sich ein Erker mit Gaube vor die Fassade. In dem Gaubenzimmer, wie Malte es nannte, hatte er sein Büro eingerichtet. Als Architekt konnte er viele Dinge von zu Hause aus erledigen. Das Reetdach war neu eingedeckt, und die Haustür war knallblau gestrichen worden. Hinter dem Haus befand sich ein kleiner Garten, in dem allerdings nicht viel wuchs. Es gab dort einen Sandkasten für die Kinder und einen blau-weiß gestreiften Strandkorb, aber das Kräuterbeet, das Helena angelegt hatte, war von Unkraut und Kriechsträuchern überwuchert.

Malte liebte dieses Haus, nicht zuletzt, weil ihn hier viele schöne Erinnerungen an die gemeinsame Zeit mit seiner Frau hielten. Nichts und niemand würde ihn von diesem Haus trennen können, denn in jedem einzelnen

Zimmer war noch ihre Anwesenheit zu spüren. Die roten Kissen im Wohnzimmer hatte sie ausgesucht, das Frühstücksgeschirr hatten sie gemeinsam gekauft, die Vorhänge in den Kinderzimmern hatte Helena genäht. So lange Malte in diesem Haus wohnte und von Helenas Dingen umgeben war, fühlte er sich wohl und hatte sogar manchmal, wenn er allein unten im Wohnzimmer und die Nacht schon weit fortgeschritten war, den Eindruck, er könnte Helena spüren. Und heute wünschte er sich nichts sehnlicher, als seine Frau bei sich zu haben. Sie würde wissen, was mit Mina los war und was zu tun wäre. Er seufzte, zog die Handbremse an und drehte den Zündschlüssel um. Mina und Ben stürmten aus dem Auto und rannten zum Haus, kaum dass Malte den Motor ausgestellt hatte. Während Malte die Einkäufe aus dem Kofferraum hob, ging die Tür des gegenüberliegenden Gebäudes auf, und Cornelia trat in den Schein der Eingangsleuchte.

»Hallo, Malte«, rief sie ihm freundlich zu und schlang die Arme fröstelnd um ihren Oberkörper. »Du Armer, dass du dich bei dem Wetter so abschleppen musst.«

»Ach, das geht schon. Solange ich nur Lebensmittel einkaufen und nach Hause bringen muss, ist alles in Ordnung. Gerade bin ich allerdings beim Jackenkauf mit den Kindern an meine Grenzen gestoßen. Ist es normal, dass Mädchen von acht Jahren bereits so einen lautstarken Willen haben? Ich dachte, bis zur Pubertät hab ich noch ein bisschen Zeit.« Malte seufzte.

Cornelia lachte auf. »Ja, Mädchen können schwierig

sein. Ich glaube, in jedem Alter. Was ist denn passiert? Hast du sie in aller Öffentlichkeit geküsst oder ›mein Mauseschwänzchen‹ genannt?«

»Nein. Mina wollte unbedingt so einen beigen Mantel haben, den ich aber für zu dünn und unpraktisch hielt. Mein Vorschlag, eine schöne, dicke, blaue Daunenjacke zu kaufen, hielt sie für völlig unpassend und die Jacke für absolut untragbar.«

»Mädchen eben.« Cornelia lachte so fröhlich, dass Malte den Eindruck bekam, achtjährige Mädchen und ihre Probleme wären für sie das Normalste von der Welt. Und dann fiel ihm das Gespräch mit Frau Heimlein ein.

»Hinzukommt, dass ich heute Nachmittag ein Gespräch mit Minas Lehrerin hatte. Sie meinte, Mina würde ein weibliches Vorbild fehlen. Tja, und keine halbe Stunde später erlebe ich live, was das genau bedeutet.«

»Ich hab ja gesagt, du solltest dich langsam mal wieder nach adäquaten Frauen umschauen«, gab Cornelia zurück und legte den Kopf schräg.

»Ja. Vielleicht hast du recht. Cornelia, meinst du, du könntest noch mal mit Mina einkaufen gehen? Vielleicht findet ihr beiden Frauen ja eine warme und hübsche Jacke«, bat Malte zögernd. »Aber nur, wenn es dir nicht zu viel wird.«

»Na ja«, begann Cornelia und schwieg. Dann betrachtete sie Malte von oben bis unten.

»Ist was mit dir?«, fragte er besorgt.

»Nein, nein. Mit mir ist alles in Ordnung. Und klar, ich

gehe gern mit Mina einkaufen«, sagte sie und lächelte, aber in ihrer Stimme war kein Lächeln zu hören. »Dann können Mina und ich uns auch mal ungestört unterhalten und besser kennenlernen.«

Malte fiel ein Stein vom Herzen. »Du tust mir damit einen riesigen Gefallen. Vielen Dank!«

Mit diesen Worten verschwand er samt seiner Einkäufe im Haus.

Am nächsten Nachmittag – es war ein Mittwoch – klingelte Malte pünktlich um drei an Cornelias Tür. An seiner Seite stand eine aufgeregte Mina.

»Und ich darf mir wirklich eine neue Jacke aussuchen? Und du wirst nicht böse, wenn dir die Jacke nicht gefällt?«, hatte sie gestern beim Abendessen gefragt. Dann hatte sie den Kopf schief gelegt und leise gesagt: »Und ich darf mir vielleicht sogar den beigen Mantel aussuchen?«

Aber da war Malte eingeschritten. »Du darfst dir eine Jacke aussuchen. Aber sie muss warm und praktisch sein. Sind wir uns das einig?«

Mina nickte. Aber plötzlich verdunkelte sich ihr Gesicht. Tränen stiegen ihr in die Augen, und sie sagte leise: »Vielleicht ist es besser, wenn ich noch einmal mit dir nach einer Jacke schauen gehe.«

»Sieh mich an. Wie kommst du denn plötzlich darauf? Hast du etwas gegen Cornelia?«

Mina schluckte, überlegte und sagte mit belegter Stimme: »Sie ist nicht Mama.«

Da nahm Malte ihre Hand, streichelte sie und erwiderte sanft: »Niemand ist wie Mama.«

Und Ben sah den beiden mit großen Augen zu, die sich nun auch langsam mit Tränen füllten. »Ich will Mama wiederhaben«, klagte er leise und weinte. Und dann liefen auch Mina die Tränen über die Wangen, und sie umarmte den kleinen Bruder, und Malte kam dazu und nahm seine beiden Kinder in den Arm.

Als sie sich alle ein wenig beruhigt hatten, bat Malte: »Geben wir doch Cornelia eine Chance. Sie ist nicht wie Mama, aber wenn ihr sie erst einmal richtig kennengelernt habt, mögt ihr sie vielleicht.«

Mina blickte ihren Vater bei diesen Worten genau an, dann fragte sie: »Und du? Magst du Cornelia?«

Malte blies die Backen auf und ließ dann langsam daraus die Luft entweichen. »Ich finde sie nett«, erklärte er und stand auf, um das Geschirr vom Abendbrot in die Spülmaschine zu räumen. Aber Mina hatte bemerkt, dass sich seine Wangen ein wenig rot gefärbt hatten.

»Wir können sofort los. Wir werden bestimmt eine schöne und passende Jacke für Mina finden.« Cornelia lächelte Malte an, nahm Mina an die Hand und ging mit ihr zu ihrem kleinen roten Auto.

»Wir machen uns einen schönen Mädelsnachmittag«, erklärte sie Mina, kaum dass sie den Deichweg hinter sich gelassen hatten. »Ich hoffe, du hast Lust dazu.«

Mina lächelte schief und nickte leicht. Sie hatte keine Ahnung, was Cornelia mit einem Mädelsnachmittag meinte. Bestimmt etwas anderes als ihre Treffen mit Jana und Lydia an manchen Nachmittagen. Sie blickte während der kurzen Fahrt aus dem Fenster und sah mit einem Mal unheimlich viele kleine Mädchen, die an den Händen ihrer Mütter liefen. Mina schluckte und wäre am liebsten ausgestiegen, doch dann fiel ihr ein, dass es ja wirklich nicht Cornelias Schuld war, dass sie keine Mutter mehr hatte.

Wenig später parkten sie in der Nähe des Westerländer Bahnhofs, an dem die Autozüge aus Niebüll über den Hindenburgdamm ankamen. An der großen Straße blieben sie stehen, und Mina hätte beinahe nach Cornelias Hand gegriffen, doch in diesem Augenblick wurde die Ampel grün, und die beiden überquerten die Straße und befanden sich am Beginn der belebten Friedrichstraße.

Zusammen betraten sie das erste Geschäft für Kindermoden, das sich nur ein paar Meter hinter der Ampel befand. Mina hätte sich gern zuerst das Schaufenster angesehen, doch Cornelia wirkte so entschlossen, dass Mina hinter ihr herlief.

Zielstrebig begab sich Cornelia zu einem Ständer mit Winterjacken, holte eine dunkelblaue vom Ständer, betrachtete sie am ausgestreckten Arm, schürzte die Lippen und hängte sie wieder zurück. Dann nahm sie einen roten Mantel, hielt ihn kurz vor Minas Körper, schüttelte den Kopf und hängte auch diesen zurück. Mina hatte sich zwar nicht unbedingt einen roten Mantel gewünscht, doch sie fand ihn schöner als eine Daunenjacke. »Kann ich ihn mal anprobieren?«, fragte sie Cornelia.

Cornelia schüttelte den Kopf. »Die Farbe steht dir nicht. Sie macht dich blass.«

Mina riss die Augen auf. Noch nie hatte ihr jemand gesagt, dass es Farben gab, die sie blass machten. Bislang hatte sie immer nur gehört, dass bestimmte Sachen unpraktisch waren oder zu dünn oder kompliziert zu pflegen. Sie fühlte sich ein wenig gekränkt und blickte nach unten. Cornelia ließ ihren Blick über den gesamten Ständer schweifen, dann zuckte sie mit den Achseln und sagte: »Ich glaube, das ist nicht der richtige Laden. Lass es uns woanders versuchen.«

Mina blieb kurz stehen und zeigte mit dem Finger auf eine kleine Boutique, die sich an der Ecke Friedrichstraße/Neue Straße befand. »Können wir dort gucken?«, fragte sie. »Dort hat Papa mir schon oft Sachen gekauft.«

Cornelia runzelte die Stirn. »Das ist eigentlich ein kitschiges Geschäft«, erklärte sie, und ihre Stimme klang ein wenig unwillig. »Nur rosa Klamotten und an den meisten noch Glitzer dran. Ich glaube, es gibt in ganz Westerland kein anderes Geschäft, das so geschmacklos ist.«

Mina duckte sich unter Cornelias Worten. Scham kroch in ihr hoch. Sie fühlte sich plötzlich unzulänglich und ein wenig schäbig, ohne dass sie genau sagen konnte, warum. Ein wenig widerstrebend lief sie neben Cornelia her und betrat schließlich hinter ihr ein Geschäft, das sehr edel aussah. Mina blieb stehen und zögerte.

»Was ist?«, wollte Cornelia wissen.

»Ist das hier nicht viel zu teuer?« Mina schaute unschlüssig auf das Schaufenster.

»Ach was! Frauen haben nun einmal ein anderes Verhältnis zu Kleidung als Männer. Ich werde es deinem Vater schon erklären.«

Zögernd betrat Mina den Laden und blickte sich unschlüssig um.

»Suche dir eine Jacke aus. Wie wäre es denn mit der da?« Cornelia hielt eine grüne Daunenjacke hoch, die einen Kragen aus Fell hatte.

Mina schüttelte den Kopf.

»Warum nicht? Was gefällt dir an dieser Jacke nicht? Ich finde sie wirklich hübsch«, meinte Cornelia.

Mina schluckte, ehe sie antwortete: »Papa sagt, wir sollen keine Kleidung tragen, für die ein Tier sein Fell lassen musste.«

Cornelia runzelte die Stirn. »Das sagt Malte?«

Mina nickte.

»Nun, dann muss ich ihm einmal erklären, dass guter Geschmack eben seinen Preis hat. Und damit meine ich nicht nur die Zahl auf dem Preisschild.«

Das Preisschild! Daran hatte Mina noch gar nicht gedacht. Sie fasste nach dem Etikett, drehte es so herum, dass sie es lesen konnte. 279 EUR für eine Kinderjacke! Sie schnappte nach Luft. »Ich glaube, das ist zu teuer«, sagte sie. »Papa meint, wir wachsen viel zu schnell aus unseren Sachen raus. Er hat mir hundert Euro mitgegeben und sagte, das wäre mehr als reichlich. Können wir nicht woanders schauen?«

Cornelia zuckte mit den Schultern. »Na gut. Wie du willst. Aber wie ich schon sagte: Guter Geschmack hat seinen Preis.«

Sie verließ den Laden, und Mina folgte ihr. Mittlerweile war es dämmerig geworden; der Weihnachtsschmuck der Geschäfte begann zu strahlen, die Lichterketten, die über die Straße gespannt waren, gingen an und tauchten die Einkaufsstraße in ein festliches, warmes Licht. In den Schaufenstern lagen neben den Waren kleine Geschenkverpackungen, saßen Engel oder winkten rotwangige Weihnachtsmänner den Passanten zu. Und es war auch viel los. Menschen flanierten auf der Suche nach Geschenken für ihre Liebsten an den Geschäften vorbei. Kinder drückten sich an den hell erleuchteten Schaufenstern die Nasen platt. Am Stand eines bekannten Fischladens schlürften Frauen in Pelzmänteln Austern und tranken Sekt dazu. Der Duft nach Lebkuchen, gebrannten Mandeln und Punsch wehte vom Vorplatz des Hotels Jörg Müller herüber und ließ Mina das Wasser im Mund zusammenlaufen.

Der Schnee, der gestern gefallen war, war inzwischen getaut, doch der Wind blies kräftig vom Meer und zwickte in die Wangen.

Mina zog ihren Schal ein Stück höher. Sie wunderte sich, dass Cornelia keine Mütze aufhatte. Ihre Ohren waren schon ganz rot und ihre Hände eiskalt. Mina glaubte, Cornelia brauche dringend ein warmes Getränk.

Vorsichtig zupfte sie Cornelia am Ärmel. »Können wir vielleicht kurz über den Weihnachtsmarkt laufen und einen Punsch trinken?«, fragte sie. »Dir ist doch bestimmt auch kalt. Wir trinken immer Kinderpunsch auf dem Weihnachtsmarkt und essen gebrannte Mandeln. Und vielleicht könnten wir auch eine kleine Tüte für Ben kaufen; er mag die Mandeln so gern.«

Cornelia seufzte und blickte zu dem Stand mit den Mandeln, an dem sich eine lange Schlange gebildet hatte. »Ich denke, wir verzichten auf die Mandeln, denn schließlich willst du in die neue Jacke ja auch reinpassen.«

Cornelias Satz hatte zwar freundlich geklungen, aber Mina fühlte sich trotzdem, als hätte sie etwas falsch gemacht. Sie war nicht dick, zumindest nicht richtig. Jana und sie hatten dieselbe Größe, und einmal hatte Janas Mutter gelacht, als Jana fand, sie wäre zu dick. »Ihr habt noch ein bisschen Babyspeck«, hatte sie gesagt. »Wartet noch ein paar Jahre, dann werdet ihr so mager sein wie Bambi.« Dann hatte sie sich an Mina gewandt. »Stimmt doch, oder?« Und Mina hatte ebenfalls gelacht und kräftig genickt.

Doch jetzt hatte Cornelia angedeutet, dass sie zu dick sei. Mina zog den Bauch ein, doch das behinderte sie beim Atmen, deshalb ließ sie es wieder. Sie wünschte sich plötzlich nach Hause. Nach Hause zu Papa Malte und Ben. Sie zupfte an Cornelias Ärmel. »Ich glaube, ich brauche eigentlich gar keine neue Jacke«, sagte sie. »Meine alte wird bestimmt noch ein Jahr lang halten. Können wir zurück nach Hause fahren?«

Cornelia blickte sie an. Prüfend irgendwie. Dann seufzte sie und sagte: »Na gut, du sollst deinen Willen haben. Wir gehen jetzt in das Geschäft mit den rosa Glitzerjacken.« Dann seufzte sie noch einmal, als wollte sie sagen, dass alle ihre Bemühungen vergeblich gewesen waren.

Mina zog verwundert die Stirn in Falten. Sie hatte doch gar nichts von einer Glitzerjacke gesagt. Ganz im Gegenteil. Sie hatte von Punsch gesprochen und vom Heimfahren, doch sie wagte nicht, Cornelia darauf aufmerksam zu machen.

Kurz darauf waren sie bei dem Bekleidungsgeschäft angekommen. Es gab einen langen Ständer, an dem ausschließlich Daunenjacken und Parkas hingen, einen weiteren mit Mänteln und noch einen mit Schneeanzügen.

Mina wählte einen violetten Parka aus, der mit einem Fliesstoff gefüttert war, nur ganz wenige Verzierungen und eine weiche Kapuze hatte und ihr perfekt passte. Sie bezahlte mit dem Schein, den Papa ihr mitgegeben hatte, und freute sich, weil sie so viel Restgeld herausbekam. Eigentlich hätte sie jetzt doch sehr gerne noch gebrannte Mandeln gehabt, aber sie wagte es nicht, Cornelia darum zu bitten.

Kaum hatten sie das Geschäft verlassen und sich wieder in Richtung Auto gewandt, hörten sie hinter sich eine tiefe Stimme. »Guten Abend, Frau Messmer. Was für eine schöne Überraschung, Sie hier zu treffen. Und dann noch mit einem Kind.«

Mina drehte sich abrupt um. Die tiefe dunkle Stimme gehörte zu einem großen, für die Jahreszeit überraschend braun gebrannten Mann mittleren Alters. Das braune Haar war kurz geschnitten und betonte sein markantes Gesicht. Ein Blick aus den stahlblauen Augen ruhte auf Cornelia.

»Oh, hallo, Herr Doktor Schmidt.« Cornelia ließ Minas Hand los und fuhr sich durch die Haare. »Das ist die Tochter meines Nachbarn. Er hatte mich gebeten, heute ausnahmsweise mal auf sie aufzupassen.« Mina meinte, Cornelias Wangen rot werden zu sehen.

Doktor Schmidt betrachtete Mina beiläufig und wandte sich dann wieder an Cornelia. »Sie sind auf der Suche nach Weihnachtsgeschenken?« Er deutete auf ein kleines, aber feines Juweliergeschäft.

Cornelia lachte. »Ich bin eine Frau, Herr Doktor. Wem sollte ich denn Schmuck schenken? Nein, Juwelierläden sind Geschäfte für Männer.«

Der Doktor lächelte. »Und was würden Sie einem Mann schenken?«

»Irgendeinem Mann?«, fragte Cornelia zurück, und Mina fand, dass dieses Gespräch irgendwie seltsam war.

»Nun, vielleicht einem Mann, dem Ihr Herz gehört?«

Cornelia lachte ein wenig auf. »Er hat doch schon das Größte und Wertvollste, das ich zu verschenken habe: mein Herz.«

Nun lachten sowohl der Doktor als auch Cornelia, während Mina keine Ahnung hatte, was in diesem merkwürdigen Gespräch lustig sein sollte. Sie zog Cornelia an der Hand.

»Mir ist kalt, ich möchte nach Hause.«

Cornelia betrachtete sie unwillig und seufzte, und Mina fiel auf, dass sie ganz schön oft seufzte. »Gut, dann gehen wir. Du sollst ja nicht krank werden.« Sie nickte dem Doktor zu, und Mina hob eine Hand zum Abschied.

»Ich wünsche Ihnen noch einen schönen Abend. Wir sehen uns morgen in der Praxis.« Mit diesen Worten drehte sich Doktor Schmidt um und verschwand im Getümmel.

»Wer war das denn?«, wollte Mina wissen.

»Ach, das war mein Chef. Der Zahnarzt Dr. Schmidt.«

»Warum bist du rot geworden?«

»Wie kommst du denn darauf?« Cornelias Stimme klang ein wenig unwirsch. »Ich war einfach überrascht, ihn hier zu treffen, das ist alles. Er wohnt in Kampen. Aber eigentlich geht dich das alles gar nichts an, junge Dame. Du solltest nicht immer so unüberlegt drauflos plappern.«

Mina schluckte. Sie dachte an das Abendessen zu Hause. Dort durfte nicht nur jeder drauflos plappern, Papa Malte fragte sogar immer, wie der Tag gelaufen war. Und wenn Mina erzählte, dann sprach Ben dazwischen, und niemand schimpfte mit ihm. Und wenn Ben erzählte, dann stellte Papa Malte Zwischenfragen, und wenn der Papa sprach, dann wollten Ben und Mina bestimmte Dinge ganz genau wissen. Mina liebte diese Abendessen, und sie hatte noch nie das Gefühl gehabt, nicht sprechen zu dürfen.

Vorsichtig betrachtete sie Cornelia von der Seite und war froh, dass es jetzt endlich nach Hause ging.

4. Kapitel

Malte erwachte von leisem Getrippel vor seiner Schlafzimmertür. Er brauchte einen Moment, um das Geräusch zuordnen zu können. Doch dann breitete sich ein Lächeln auf seinem Gesicht aus. Er angelte nach seinem Wecker und warf einen Blick darauf. 05:43 Uhr. Sehr früh für einen Mittwochmorgen, allerdings nicht zu früh für einen kleinen, neugierigen Jungen, der mit Sicherheit nachschauen wollte, ob der Nikolaus ihm etwas in seine gestern noch so ordentlich geputzten Stiefel gesteckt hatte. Malte hatte Ben und auch Mina gestern Abend kaum zum Schlafen gekriegt. Unbedingt wollten sie aufbleiben, um den Nikolaus zu sehen. Es hatte ihn einige Mühe und all seine Überredungskünste gekostet, die beiden davon zu überzeugen, dass der Nikolaus immer erst dann kam, wenn alle im Haus tief und fest schliefen. Irgendwann hatte die Müdigkeit gesiegt, und Ben und Mina waren in ihre Kissen gesunken. Abends hatte er noch mit einem Glas Rotwein im Wohnzimmer am Kamin gesessen und sich die Wunschzettel angeschaut, die seine Kinder an den Weihnachtsmann geschrieben hatten.

Gerade in der Weihnachtszeit fehlte ihm seine verstorbene Frau Helena sehr. Sie hatte den Advent, die Lichter, die Düfte, das Geschenkeeinkaufen und -verpacken so sehr geliebt. Direkt nach dem Totensonntag war sie jedes Jahr in den Keller gelaufen, um die Kiste mit den Weihnachtsdekorationen zu holen. Liebevoll hatte sie dort einen Weihnachtsmann aufgestellt, hier einen Stern hingehängt, die Schneekugel auf das Fensterbrett platziert und ein Räuchermännchen in der Küche. Und das Prunkstück ihrer Dekoration war immer der typische Sylter Jöölboom gewesen, ein hölzernes Gestell, das mit Kerzen, Tannenzweigen und roten Äpfeln bestückt war und noch von ihrer Großmutter stammte. Wie ein kleines Kind hatte sie von Malte einen Adventskalender gefordert und sich jedes Jahr mit ihren Aufmerksamkeiten für ihn selbst übertroffen. Zum Glück hatte sie Weihnachten noch miterleben können, dachte Malte, bevor sie dann Ende Januar auf dem Weg zum Einkaufen ein übermüdeter Lastwagenfahrer mit überhöhter Geschwindigkeit auf Höhe des Bahnhofs Westerland gerammt und auf die Gegenfahrbahn geschleudert hatte.

Helena hatte keine Chance gehabt und war noch am Unfallort verstorben. Malte erinnerte sich daran, wie er mitten in einer Besprechung auf der Baustelle einen Anruf bekam. Er war blass geworden und hatte sich nicht mehr auf den Beinen halten können. Sein Kunde musste ihn sogar stützen. Er konnte sich nicht mehr daran erinnern, wie er seine Mutter angerufen und die Kinder von der Tagesstätte abgeholt hatte. Die nächsten Tage und Wochen hatte er wie in Trance zugebracht und einfach nur irgendwie funktioniert. Zum Glück hatte er damals noch überhaupt keine Ahnung gehabt, wie sein Leben ohne Helena aussehen würde. Und hätte er nicht Ben und Mina gehabt, die ihn zwar viel Kraft und Nerven kosteten, ihn gleichzeitig aber auch stark und fröhlich machten, er hätte nicht sagen können, ob er noch leben würde.

Von unten aus dem Flur war ein halblautes Quieken zu hören. Offenbar war Ben mit dem Inhalt seiner Stiefel zufrieden. Malte überlegte, ob er sich noch einmal umdrehen und ein bisschen dösen könnte, als seine Zimmertür aufgerissen wurde.

»Papa, Papa, guck mal! Der Weihnachtsmann hat mir eine CD und zwei neue Tiere geschenkt!«, rief Ben freudig aus und hopste zu seinem Vater ins Bett.

Mit seinen strubbeligen blonden Haaren und dem Schlafanzug mit dem Dinosaurier-Muster sah er genauso aus, wie ein fünfjähriger fröhlicher Junge aussehen sollte. Und er hatte nicht die geringste Ahnung, wie dankbar Malte dafür war. Während Mina ganz seiner Frau Helena ähnelte und ihre dunkelblonden dicken Haare hatte, kam Ben nach Malte. Die Sommersprossen tanzten bei ihm genauso lustig auf der Nasenspitze, die blonden Haare ließen sich immer nur schwer bändigen, und die blauen Augen blitzten und funkelten unablässig.

Einen Moment später stürmte auch Mina in sein Zimmer und ließ sich mit Schwung neben Ben auf sein Bett fallen. »Ich habe auch ein neues Tier bekommen«, erzählte sie und zeigte ein Pferd aus hartem Gummi vor, das inzwischen zu dem Standardspielzeug in allen Kinderzimmern gehörte. Und es gab unendlich viele von diesen Gestalten: Hunde, Katzen, Vögel, Bauernhoftiere, Tiere, die man sonst aus dem Zoo kannte, Einhörner, Fabelwesen und noch einige mehr.

»Und ein Gutschein für drei Fahrten mit dem Karussell auf dem Weihnachtsmarkt«, fuhr Mina fort.

»Na, das ist ja toll. Scheint so, als müssten wir heute Nachmittag eine Runde über den Weihnachtsmarkt drehen, damit du deinen Gutschein auch einlösen kannst«, schlug Malte vor.

»Au ja«, jubelten beide Kinder.

»Aber erst einmal müssen wir uns stärken. Wer will den Tisch decken und wer mit mir Brötchen holen?«, fragte er, obwohl er die Antwort bereits kannte.

»Ich zieh mir nur schnell meine Anziehsachen an«, rief Ben und rannte in sein Zimmer, um kurz darauf angezogen und warm verpackt mit seinem Vater zum nächsten Bäcker zu gehen und frische, noch warme Brötchen zu holen.

Zum Glück hatte die Dämmerung den Nieselregen abgelöst, der den ganzen Tag unablässig auf Sylt getröpfelt war. Malte, Mina und Ben waren gerade dabei, sich ihre warmen Stiefel überzustreifen, Mütze, Schal und Handschuhe herauszusuchen und in ihre dicken neuen Winterjacken zu schlüpfen, um wie versprochen auf den Weihnachtsmarkt zu gehen, als es an der Haustür klingelte.

Ben öffnete und trat enttäuscht zurück. Es war weder Ole, der nette Postbote, noch sein Freund Lasse, der ihn spontan zum Spielen hätte abholen können. Stattdessen stand Cornelia vor ihnen und strahlte über das ganze Gesicht.

»Wir wollten gerade auf den Weihnachtsmarkt gehen«, berichtete er fröhlich.

»Ach, das ist aber toll. Und ich wollte gerade in die Stadt und euch fragen, ob ich euch etwas mitbringen kann, damit ihr euch nicht noch mal in das Gewusel stürzen müsst«, antwortete Cornelia, wobei sie allerdings nur Augen für Malte hatte.

»Wie wär's, wenn du uns begleitest? Der Weihnachtsmarkt ist ja direkt in der Stadt. Du könntest mit uns einen Punsch trinken, als Dankeschön für den Jackenkauf, und anschließend könntest du immer noch deine Besorgungen machen«, schlug Malte vor, dann erst wandte er sich an Mina und Ben. »Ihr seid doch einverstanden?«

Eigentlich war Mina nicht einverstanden, denn sie wusste, dass sie in Cornelias Begleitung nicht eine einzige gebrannte Mandel herunterbringen würde. Außerdem hatte sie Cornelia am Fenster gesehen. Als Malte ihrem Bruder den Anorak angezogen hatte – genau in der Küche vor dem Fenster –, war auch Cornelia schnell weggelaufen und mit ihrer tollen Winterjacke zurückgekommen.

»Oh, das klingt fantastisch!« Cornelia klatschte in die Hände, als wäre sie ein kleines Kind. »Ich habe dieses Jahr noch keinen einzigen Schluck Punsch getrunken, und in drei Wochen ist ja schon Weihnachten.«

Mina wunderte sich. Wenn Cornelia wirklich so gerne Punsch trank, warum war sie dann gestern gegen einen Becher des köstlichen Weihnachtstrunkes gewesen?

Sie fuhren mit dem Bus bis ins Zentrum von Westerland und liefen von dort aus den Rest zu Fuß. Es war viel los. Kinder zogen lange Fäden von ihrer Zuckerwatte herunter, Verkäufer priesen ihre gebrannten Mandeln, Schokoladen-Obst-Spieße, Ofenkartoffeln oder Bratwürste an, Männer prosteten sich mit ihren Glühwein- oder Punsch-Bechern zu, Frauen lachten mit vom Frost geröteten Wangen und blitzenden Augen, Straßenmusiker spielten Weihnachtslieder, und über allem hing der Duft nach Orangen, Zimt und Tannenzweigen.

Cornelia hatte sich in dem Gedränge an Maltes Arm untergehakt. Mina hatte auch gesehen, wie Cornelia sich eng an ihren Papa schmiegte, und es gefiel ihr ganz und gar nicht. Konnte sie nicht selbst gehen? Sie wollte sich gerade ebenfalls bei ihrem Vater einhaken, als eine Melodie ihre Aufmerksamkeit erregte. Sie waren an dem kleinen nostalgischen Karussell angekommen, das jedes Jahr aufgebaut wurde und nicht nur die Kinder begeisterte. Mina lud Ben zu einer Karussellfahrt ein und löste an der

Kasse zwei ihrer drei Tickets ein. Eigentlich hatte sie auch Malte einladen wollen, doch er hätte bestimmt Cornelia den Vortritt gelassen, und für Cornelia wollte sie ihr drittes Geschenkticket nicht ausgeben. Sobald das Karussell nach seiner Fahrt zum Stehen gekommen war, sprangen die Geschwister zu den an Stangen im Kreis angeordneten Tieren, um sich die besten Plätze zu sichern.

Cornelia und Malte sahen ihnen zu und winkten.

Eine Viertelstunde später schlenderten die vier weiter über den Weihnachtsmarkt. Es roch herrlich nach heißen Maronen, Kartoffelpuffern und Bratwürsten. Vor den Ständen, in denen Schaffelle und Bienenwachskerzen, Honig und dicke gestrickte Strümpfe verkauft wurden, hielten sie an, betrachteten das Angebot und schlenderten dann weiter. Mina und Ben bekamen Zuckerwatte, und die Erwachsenen prosteten sich mit einem Glühwein zu.

»Oh, guck mal! Ein Mistelzweig hängt über mir«, rief Cornelia plötzlich und deutete auf den Stand, an dessen Markisenrand mehrere Mistelsträuße hingen. »Du weißt, was das bedeutet, oder?«, fragte sie Malte.

Minas Vater grinste verlegen. »Ich glaube, ich sollte dich besser küssen, sonst wirst du sieben Jahre vom Unglück verfolgt.«

Schnell beugte er sich zu ihr hinüber, um ihr einen Kuss auf die Wange zu geben. Doch Cornelia schafft es gerade noch rechtzeitig, ihren Kopf so zu drehen, dass Maltes Lippen auf ihren landeten. Während Ben nur Augen für seine Zuckerwattestange hatte, betrachtete Mina die Kussszene mit offenem Mund. Ein kalter Schauer kroch ihr über den Rücken, und plötzlich erschienen ihr die Lichter des Weihnachtsmarktes weniger strahlend, die Zuckerwatte weniger süß und der Punsch ein wenig bitter.

Am Abend lag Mina mit verschränkten Armen unter ihrem Kopf in ihrem Bett und dachte nach. Cornelia hatte auf dem Weihnachtsmarkt noch darauf bestanden, ein Selfie mit Malte, Ben und ihr zu machen, sie hatte den Kindern eine Bratwurst spendiert und vor allem ununterbrochen geredet. Nun saß sie mit ihrem Vater unten im Wohnzimmer und redete vermutlich immer noch. Vielleicht schmiegte sie sich aber auch an ihn? Küsste sie ihn möglicherweise sogar in diesem Augenblick erneut? Mina schauderte. Sie hatte es schon länger befürchtet, doch der Nachmittag hatte ihr erst tatsächlich klargemacht, dass Cornelia versuchte, sich an ihren Vater ranzumachen.

Cornelia wollte die neue Frau an Maltes Seite werden. Cornelia als ihre Mama, das konnte sich Mina überhaupt nicht vorstellen. Cornelia, die so albern kicherte, die sich immer komisch benahm, sobald Malte das Zimmer verlassen hatte und sie mit Ben und Mina alleine war. Cornelia, die sich permanent an den Haaren rumnestelte und die hin und wieder sogar versuchte, Mina und Ben zu erziehen.

Mina schlüpfte aus dem Bett und schlich bis zur Treppe. Dort setzte sie sich auf die oberste Stufe und beugte den

Kopf weit nach vorn, um alles, was im Wohnzimmer gesprochen wurde, hören zu können.

»Ich liebe Weihnachten«, hörte sie Cornelia sagen. »Aber ich kann mir auch gut vorstellen, das Fest woanders zu feiern. An einem Strand in der Karibik oder vielleicht in den Bergen.«

Malte lachte leise. »Ja, das ist eine schöne Vorstellung. Doch Weihnachten auf Sylt hat seinen ganz besonderen Reiz. Ich finde es wunderschön, wenn die Dünen vom Schnee bedeckt sind und der Sand vor Kälte unter den Sohlen knirscht. Ich liebe das im Winter dunkelgraue Meer mit seinen weißen Schaumhäubchen, den Tee mit Schuss, den Wind, der im Kamin heult, die vielen Jöölboome in den Fenstern und die wundervollen Spaziergänge über den Deich. Das alles würde mir wirklich fehlen.«

»Ach, sei doch nicht so ein Spießer. Ich wette, ein Skiurlaub in den Bergen wäre genau das Richtige für dich.«

Wieder hörte Mina ihren Vater lachen. »Und was mache ich mit den Kindern? Sie können nicht Ski fahren, und sie waren zu Weihnachten immer zu Hause und natürlich bei den Großeltern auf dem Festland. Ich glaube nicht, dass ihnen ein Weihnachtsfest im Hotel und auf Skiern gefallen würde.«

Mina nickte, als sie das hörte, doch Cornelia sprach schon weiter. »Na ja, es muss ja vielleicht nicht der Vierundzwanzigste sein. Es ist ja selbstverständlich, dass du am Heiligen Abend bei deinen Kindern sein möchtest.

Aber kannst du sie nicht danach für ein paar Tage zu ihren Großeltern geben? Wir würden einen traumhaften Urlaub erleben, das verspreche ich dir.«

Mina hielt die Luft an. Hatte Cornelia ihren Vater eben dazu aufgefordert, mit ihr in den Urlaub zu fahren? Ohne Mina und Ben?

»Ich fahre nicht ohne meine Kinder weg«, hörte sie da ihren Vater sagen. »Nicht so kurz nach dem Tod ihrer Mutter.«

»Mein Gott, Malte, deine Frau ist jetzt seit zwei Jahren tot. Wie lange willst du denn noch trauern?«

»Nicht so laut, die Kinder schlafen«, sagte ihr Vater, und Mina spitzte sehr genau die Ohren, um zu hören, was er weiter antwortete. Doch sie hörte nur Schritte, dann wurde die Wohnzimmertür zugeschlagen, und die Stimmen verstummten.

Mina bekam Angst. Würde ihr Vater mit Cornelia in den Urlaub fahren und sie bei Oma und Opa in Niebüll lassen? Sie war gern bei ihren Großeltern. Sie liebte den weichen Busen ihrer Großmutter, der so ungemein tröstlich war, wenn man sich daran kuschelte. Und sie liebte es, Großvaters Geschichten zu hören, die alle von seinen Abenteuern als Kapitän handelten. Aber sie wollte nicht, dass ihr Vater allein mit Cornelia in den Urlaub fuhr.

Mina stützte beide Ellbogen auf ihre Knie und überlegte. Dann stand sie auf und schlich ins Zimmer ihres Bruders. Ben hatte seinen grauen Plüschelefanten fest im Arm und schnarchte leise. Seine Wangen waren ganz warm und weich. Friedlich sah er beim Schlafen aus. Und unschuldig. Und vor allem noch sehr, sehr klein.

Sie legte ihm eine Hand auf die Schulter und rüttelte leicht. »Ben, wach auf! Ich muss mit dir reden.«

Ihr Bruder rieb sich schlaftrunken seine Augen und grunzte. »He! Es ist wichtig!« Mina schüttelte ihren Bruder noch heftiger, und tatsächlich öffnete Ben die Augen und setzte sich in seinem Bett auf.

»Was ist denn los? Warum weckst du mich?«, fragte er und gähnte.

»Cornelia will mit Papa zu Weihnachten Ski fahren gehen.«

»Prima. Ich bin noch nie Ski gefahren.«

»Sie will uns nicht dabei haben.«

Ben, der sich eben noch ganz schlafwarm an Mina gekuschelt hatte, schrak auf. »Wie meinst du das?«

»Na, Cornelia will mit Papa allein fahren. Ohne uns. Wir sollen in der Zwischenzeit zu Oma und Opa nach Niebüll.«

Ben sagte kein Wort und starrte Mina nur voller Entsetzen an.

»Verstehst du?«, fragte Mina vorsichtig nach.

Plötzlich klammerte sich Ben ganz fest an seine Schwester und flüsterte: »Und wenn er auch nicht wiederkommt? So wie Mama? Warum dürfen wir denn nicht mitfahren?«

Mina drückte ihren kleinen Bruder fest an sich. »Cornelia will unbedingt mit Papa allein sein. Ich befürchte, sie will uns Papa wegnehmen. Ben, wir müssen das verhindern.«

»Aber wie sollen wir das anstellen?«, fragte Ben und schaute seine Schwester mit großen Augen und zitternden Lippen an.

»Ich habe nachgedacht, und ich habe eine Idee. Wir müssen uns selbst um eine neue Mama kümmern. Um eine, die besser zu uns passt als Cornelia. Eine, die so ist wie unsere Mama gewesen war, und doch ganz anders. Eine, die lieb ist und uns nicht allein lassen und zu den Großeltern geben will.«

Ben nickte. »Und eine, die leckeren Kuchen machen kann«, fügte er hinzu. »Und die mit uns spielt und uns einen Hund erlaubt.«

»Einverstanden. Bist du bereit, für eine tolle neue Mama auf einen großen Wunsch zu verzichten?«

Ben schluckte, dann sagte er leise: »Am liebsten hätte ich unsere Mama zurück. Ich will keine neue, ich will unsere alte wieder.« Er schob die Unterlippe nach vorn.

Mina setzte sich neben ihn auf das Bett, legte ihren Arm um seine Schultern und drückte ihn an sich. »Ich vermisse Mama auch«, sagte sie leise. »Aber sie kommt nicht wieder, sie ist im Himmel. Das Einzige, das wir tun können, ist, uns selbst eine neue Mama zu suchen.«

5. Kapitel

Lieber Weinhachtsmann,

wir haben zwar schon unsere Wunschzettl abgegeben, aber nun will Papa vileicht ohne uns mit Kornelia in den Urlaub fahren. Wir hofen sehr, das du uns helfen kannst. Wir wünschen uns zu Weinhachten eine neue Mama. Eine, die nicht one uns vereisen will. Dafür verzichten wir auf unsere anderen Wünsche, sogar auf das Feuerwerauto, den Hund und das Märchen-Buch. Wenn du uns nur eine schöne, nette und lustige Mama schenkst, die unser Papa auch mag.

Danke schön sagen
Mina und Ben

Ach so, fröliche Weinhachten wünschen wir dir und den Renntieren.

Mina betrachtete zufrieden den Brief, den sie gerade mit ihrem Bruder geschrieben hatte. Sie hatten sich ganz genau überlegt, was sie schreiben wollten. Während Mina den letzten abgesprochenen Satz geschrieben hatte, war Ben zurück in sein Bett gekrochen und eingeschlafen. Auch Mina spürte auf einmal, wie die Müdigkeit sie übermannte. Sie deckte Ben zu, nahm den Brief an sich, schlich zurück in ihr Zimmer und versteckte den Brief in der obersten Schublade ihres Schreibtisches. Dann kuschelte auch sie sich in ihre Decke und war innerhalb von Sekunden eingeschlafen.

Am Montagmorgen achtete Mina darauf, schon beim Aufstehen und Anziehen zu trödeln, und bummelte anschließend ganz vorsichtig hinab ins Erdgeschoss zum Frühstückstisch, wo Ben und Malte schon mit ihren Müslischüsseln klapperten.

»Guten Morgen, Mina.« Malte gab ihr einen Kuss. »Hast du gut geschlafen? Du siehst ein bisschen blass aus. Ist irgendetwas?«

»Papa, mir geht's nicht gut. Mir ist richtig übel«, antwortete Mina und presste beide Hände auf ihren Bauch.

Malte legte seiner Tochter eine Hand auf die Stirn und schüttelte den Kopf. »Fieber hast du nicht. Schreibt ihr heute einen Test in der Schule?«

»Nein, erst nächste Woche. Ich weiß auch nicht, warum mein Bauch so weh tut. Ich mag noch nicht mal etwas essen.«

Malte seufzte. »Sollen wir zum Arzt fahren? Musst du dich erbrechen? Drückt es, oder krampft es eher?«

»Eigentlich möchte ich nur wieder ins Bett. Eine Wärmflasche wäre gut. Sonst brauche ich nichts. Morgen bin ich bestimmt wieder gesund.«

»Okay, dann bleibst du heute zu Hause. Ich muss nur Ben in den Kindergarten bringen und anschließend auf eine Baustelle. Allerspätestens zum Mittag bin ich wieder zurück. Wenn es schlimmer wird, dann rufst du mich auf dem Handy an. Meinst du, du schaffst das?«

Mina nickte und kuschelte sich kurz in die Arme ihres Vaters, dann ging sie zurück in ihr Bett.

Malte brachte Mina noch eine Wärmflasche und eine Tasse Kamillentee mit Honig, dann verließen er und Ben das Haus. Mina hörte die Autotüren zuschlagen, eine Sekunde später wurde der Motor gestartet. Aus dem Fenster konnte Mina sehen, wie ihr Vater den Wagen aus der Einfahrt lenkte und den Weg zu Bens Kindergarten einschlug. Jetzt musste Mina nur noch warten, bis Ole, der Postbote, kam. Sie wollte ihn abpassen, damit sie ihm den Brief für den Weihnachtsmann mitgeben konnte. Sonst hatte der Vater immer die Wunschzettel für den Weihnachtsmann an sich genommen und versprochen, die Adresse auf den Umschlag zu schreiben und ihn in den Briefkasten zu stecken. Doch das ging diesmal leider nicht.

Mina rückte ihren Sitzsack so in Position, dass sie es sich darin bequem machen konnte und dabei die Einfahrt im Blick behielt, um Ole nicht zu verpassen.

Gegen halb zehn bog ein gelbes Fahrrad in die Einfahrt ein. Darauf saß Ole, wie immer pfeifend. Mina schnappte sich den Brief an den Weihnachtsmann, rannte die Treppe hinunter und riss die Haustür in dem Augenblick auf, als Ole gerade abstieg.

»Huch, Mina, was machst du denn zu Hause? Bist du

krank?«, fragte er und hob sein Postrad mit Schwung auf den Ständer. Er nahm eine Architekturzeitung aus seiner Tasche und reichte sie Mina.

»Na ja, nicht richtig krank.« Mina blickte zu Boden und spürte, wie die Scham ihr die Wangen rot färbte. »Ich habe Papa angeschwindelt, um auf dich warten zu können. Ben und ich haben einen sehr wichtigen Brief an den Weihnachtsmann geschrieben, aber wir wissen leider nicht, wo er wohnt. Weißt du es, Ole?«

Ole betrachtete Mina nachdenklich. »Hast du mir nicht letzte Woche erst erzählt, dass dein Papa eure Wunschzettel an den Weihnachtsmann in den Postkasten geworfen hat? Warum gibst du den Brief nicht wieder deinem Vater?«

Mina warf einen prüfenden Blick zu Cornelias Haus, aber dort war alles dunkel und still. Sie atmete erleichtert auf. »Das geht leider nicht«, erklärte sie. »Wir haben dem Weihnachtsmann nämlich diesmal geschrieben, dass er unsere anderen Wünsche nicht erfüllen muss, wenn er uns stattdessen eine neue Mama und Papa eine neue Frau schenkt«, vertraute Mina dem Postboten an.

»Und das soll euer Papa nicht wissen?«

Mina sah ihn zerknirscht an. »Wir wollen nicht, dass Papa traurig wird, wenn er hört, dass wir uns eine neue Mama wünschen. Er soll nicht denken, dass wir mit ihm nicht glücklich sind.« Sie blickte zu Ole hoch und hatte das Gefühl, eine kleine Träne in seinen Augen glitzern zu sehen.

Ole wischte sich über das Gesicht. »Verdammte Fliegen«, sagte er. »Da ist mir gerade wieder eine ins Auge geflogen.« Dann legte er Mina eine Hand auf die Schulter und beugte sich zu ihr hinab. »Das ist wirklich ein großer Wunsch, den ihr da habt, aber ich verspreche dir, dass ich persönlich dafür sorge, dass der Weihnachtsmann euren Brief bekommt.« Vorsichtig steckte er den Brief in ein kleines Seitenfach der großen Posttasche. Dann hob er sein Fahrrad vom Ständer, stieg auf und winkte Mina zum Abschied noch einmal zu.

Helena Neubauers Tod vor zwei Jahren hatte in Westerland für große Bestürzung gesorgt. Die lebenslustige und stets gut gelaunte Übersetzerin hatte im Chor gesungen, war Mitglied im Heimat- und Kulturverein gewesen und hatte sich für die Bewahrung der Sylter Traditionen eingesetzt.

Viele Menschen kannten die Familie Neubauer, und die meisten mochten sie auch. In den Wochen nach dem tragischen Unfalltod hatte der Postbote viele Beileidsbekundungen, Päckchen und Präsentkörbe an Malte zugestellt. Den Kindern hatte er immer etwas Süßes mit in den Briefkasten gesteckt, auch wenn er natürlich wusste, dass Zucker ihren Schmerz und ihre Trauer nicht lindern konnte.

Ole holte Minas Brief aus der Posttasche, steckte ihn in seine Jacke und nahm sich fest vor, ihnen bei der Suche nach einer neuen Frau für Malte und einer Mama für sie zu helfen.

Ein paar Tage später belud Ole gerade sein Postfahrrad und sortierte Briefe und kleinere Päckchen, als ihm auffiel, dass sowohl Malte im Deichweg als auch seine Cousine Svea im Strandweg ein Päckchen bekommen sollten. Svea war Anfang dreißig, eine schlanke, attraktive und kluge Frau, die auf der Insel geboren und aufgewachsen war.

Ole hatte regelmäßig Kontakt zu seiner Cousine, nicht zuletzt, weil seine Freundin Tina bei Svea als tiermedizinische Fachangestellte arbeitete.

Kurz entschlossen warf er das Päckchen für Malte im Deichweg einfach bei Svea im Strandweg in den Briefkasten und später Sveas Päckchen bei Malte.

Malte zog verwundert die Augenbrauen hoch, als er am späten Freitagvormittag das Päckchen aus dem Briefkasten fischte. *Svea Sanders, Strandweg, Westerland, Sylt.* Das war eindeutig falsch. Malte seufzte, stieg in sein Auto und fuhr sofort zu der auf dem Päckchen stehenden Adresse, um es der rechtmäßigen Besitzerin zu bringen. An einem Schild vor dem Haus stand: *Tierarztpraxis Svea Sander, Öffnungszeiten von Montag bis Freitag von 8 bis 12 und 16 bis 18 Uhr, Großtierbehandlungen nach telefonischer Vereinbarung, Notfälle jederzeit unter 0173 6515856.*

Malte klingelte und auf der Stelle hörte er ein lautes Bellen und Knurren, das allerdings vielmehr niedlich als bedrohlich klang, doch niemand öffnete. Er versuchte, das Päckchen durch den Briefschlitz zu stopfen, doch das

Gebell wurde immer lauter und aufgeregter, so dass er sich vornahm, lieber keinen Hundeherzinfarkt zu provozieren und morgen noch einmal vorbeizuschauen.

Der Samstagmorgen war sonnig und knackig kalt. Über den Himmel segelten ein paar Schönwetterwolken, doch am Horizont ballte sich schon eine graue Wand zusammen. Vom Wind gepeitschte Wellen krachten so laut auf den Strand, dass es bis in den Deichweg zu hören war. Die Nachbarin zur linken Seite, Frau Schumann, kehrte die Straße, und Mina sah aus dem Fenster zu, wie der Wind die zusammengefegten Blätter immer wieder aufwirbelte. Die Nachbarin lehnte den Besen gegen den Zaun und blickte zu Minas Fenster auf. Mina lächelte und winkte, und die Nachbarin winkte zurück. Dann warf Mina noch einen Blick hinüber zu Cornelias Haus. Im Schlafzimmer war der Rollladen noch unten, und nirgendwo brannte Licht. Auch das kleine rote Auto stand noch in der Einfahrt. Mina hüpfte von ihrem Stuhl und eilte nach unten in die Küche.

Ben und sie hatten den ganzen Morgen gebettelt, dass der Vater mit ihnen Plätzchen backen solle. Sie hatten sogar beim Bettenüberziehen geholfen, den Müll rausgebracht und ihre Zimmer aufgeräumt. Also hatte Malte nachgegeben und war mit ihnen nach dem Frühstück zum Supermarkt gefahren, um alle Zutaten für Butterplätzchen und Vanillekipferl zu kaufen.

Am späten Mittag kamen sie gut gelaunt und voll bepackt wieder zu Hause an und machten sich nach einem schnellen Mittagessen direkt ans Werk.

Ben durfte alle Zutaten zusammenstellen, die Malte ihm nannte. Mina maß mit Maltes Hilfe ab, wie viel Mehl, Zucker und Butter sie in die große Rührschüssel füllen mussten. Malte schlug die Eier zu dem Mehl-Zucker-Butter-Gemisch und erlaubte seinen Kindern, abwechselnd den Teig zu kneten, bis ihnen die Arme weh taten und sie lachend aufhörten.

»Puh, das ist ganz schön anstrengend, dieses Plätzchenbacken«, keuchte Ben und hatte schon ganz rote Wangen. Neben seinem linken Mundwinkel klebte ein Restchen Teig.

»Mina, lies doch schon mal laut vor, was wir für die Vanillekipferl alles brauchen. Ben, du kannst dich kurz ausruhen. Und wenn der Butterplätzchenteig gleich für eine halbe Stunde zum Ruhen in den Kühlschrank kommt, können wir uns um den nächsten Teig kümmern«, schlug Malte vor, krempelte seine Ärmel, die heruntergerutscht waren, wieder hoch und knetete den Teig, bevor er ihn in eine Frischhaltefolie wickelte und in den Kühlschrank stellte.

In diesem Augenblick passierte es: Ben angelte auf dem Küchentisch nach seinem Kakao, war dabei allerdings zu stürmisch, so dass er seine Tasse umstieß und der gesamte Inhalt herausfloss.

»O nein! So ein Scheibenkleister«, rief Ben aus und versuchte, fast panisch, die Tasse wieder hinzustellen. Dabei stieß er jedoch die Tüte mit Mehl um, die sich mit dem herausgelaufenen Kakao sofort zu einer klumpigen Masse verband. Ben riss vor Entsetzen die Augen auf und schlug sich die Hand vor den Mund.

»So eine Sauerei«, schimpfte Mina.

Doch ihr Vater Malte reagierte zum Glück nicht so genervt wie Mina. »Ach, Ben, du Schussel«, setzte er an. Sein Ton war dabei bestimmend, aber sanft. Er wollte noch etwas hinzufügen, als draußen vor der Haustür Stimmen zu hören waren.

Bolle, ein Border-Collie-Welpe, zerrte an der Leine und schnüffelte wie wild an der Fußmatte. Ab und an fiepte er leise. Svea beugte sich zu ihm herunter und fuhr ihm sanft über das Fell. »Warum bist du denn so aufgeregt?«, fragte sie.

Sie war mit ihrem Hund von einem ausgiebigen Strandspaziergang zurückgekehrt und wollte auf dem Rückweg schnell noch im Deichweg das vertauschte Päckchen abgeben. Nun stand sie an der angegebenen Adresse, streichelte den Welpen, der ungewohnt aufgeregt war, und betätigte dabei die Klingel.

Nur ein paar Augenblicke später wurde die Haustür schwungvoll aufgerissen, und ein Mann erschien im Türrahmen. Er war schlank, aber muskulös gebaut, hatte blonde Wuschelhaare, ein paar Sommersprossen und klare blaue Augen, die sie neugierig anblickten. Er trug einen dunkelblauen Pullover und eine etwas ausgeblichene Jeans, die aber zum Teil von einer Küchenschürze verdeckt war. In der einen Hand hielt er einen Scheuerlappen und in der anderen einen Handfeger. Die Schürze war mit Mehl bestäubt, und aus dem Haus roch es nach Zimt und Vanille.

»Ja? Wie kann ich Ihnen helfen?« Malte lächelte abwartend.

»Bitte entschuldigen Sie die Störung«, begann Svea. »Ich habe gestern versehentlich ein Päckchen von Ihnen erhalten und wollte es nur schnell vorbeibringen.«

»Ach, Sie sind nicht zufällig die Tierärztin Svea Sander, oder?!«

»Doch, ja, die bin ich.« Svea runzelte die Stirn. »Woher wissen Sie das?«

»Der Postbote muss die Päckchen vertauscht haben. Ich habe offenbar anstelle meines Päckchens Ihr Päckchen erhalten und umgedreht. Warten Sie einen Augenblick.« Er trat zurück in die Diele, nahm ein Päckchen von der Anrichte und reichte es ihr. Dabei betrachtete er die Frau, die immer noch auf seinem Fußabtreter stand. Der schwarz-weiße Hund an ihrer Leine zappelte. Malte kniete sich herunter und hielt dem Hund seine Hand hin, damit er daran schnüffeln konnte.

»Und wir zwei haben uns gestern also schon gehört und gerochen, was?« Der kleine Border-Collie schnupperte eifrig an Maltes Hand, die noch voller Mehl-Kakao-Gemisch war, und wollte gerade anfangen, sie abzuschlecken, als ihn das Getrappel aus dem Hausinneren ablenkte.

Mina und Ben kamen zur Tür, um nachzusehen, wo ihr Vater blieb. Als sie Bolle entdeckten, quiekten beide vor Freude auf.

»Oh, was für ein süßer Hund! Dürfen wir ihn mal streicheln«, fragte Ben sogleich.

»Ja, aber seid vorsichtig. Er ist noch sehr jung und deshalb ein bisschen stürmisch. Ich vermute, er denkt, er sei ein Tiger und kein Hund.« Svea lachte.

Während Mina sanft über Bolles Kopf streichelte, umarmte Ben den Welpen ein wenig zu heftig. Svea legte die Leine ab, damit sie nicht störte, doch im selben Augenblick machte Bolle sich von Ben los und stürmte ins Haus hinein. Ben und Mina liefen ihm sofort hinterher.

»Hey, ihr zwei!«, rief Malte ihnen nach, doch seine Kinder beachteten ihn gar nicht.

Svea rief gleichfalls nach ihrem Hund, der sich aber nicht blicken ließ. Sie hob die Schultern und blickte Malte hilflos an. »Das tut mir leid. Bitte entschuldigen Sie«, sagte sie und begann wieder zu rufen: »Bolle! Bolle! Komm sofort her!« Sie konnte von der Tür aus direkt in die Küche blicken und sah, wie der kleine Welpe mit seiner Schnauze in dem heruntergerieselten Mehl schnüffelte. Seine feuchte, schwarze Schnauze war schon ganz weiß. Ben und Mina standen daneben und waren hingerissen.

»Dürfte ich vielleicht kurz hereinkommen, um ihn wieder einzufangen«, bat Svea.

»Ja, natürlich. Kommen Sie! Entschuldigen Sie, dass ich Sie nicht gleich hereingebeten habe«, erwiderte Malte.

Mina blickte auf. Sie wunderte sich, dass ihr Vater plötzlich ein wenig verwirrt wirkte, doch dann stieß Bolle sie an, und schon war sie erneut mit dem kleinen Hund befasst. Dann spürte sie eine leichte Hand auf ihrer Schulter und hörte Sveas Stimme: »Hat Bolle das Chaos hier veranstaltet? Oh, nein!«

Mina blickte hoch. »Bitte nicht schimpfen. Das war nicht Bolle, das waren wir. Wir sind gerade dabei, Plätzchen zu backen, und der Schussel hier«, Mina deutete auf ihren kleinen Bruder, »hat seinen Kakao umgeworfen, und dann ist das Mehl heruntergefallen.«

Svea wirkte erleichtert. »Das kann ja auch wirklich leicht passieren. Wenn ich Plätzchen backe, sieht meine Küche meist genauso aus.« Sie lächelte Mina und Ben freundlich an.

»Wir backen Butterplätzchen und Vanillekipferl«, erklärte Ben mit wichtiger Miene.

»Oh, das sind ja auch die besten! Die mache ich auch jedes Jahr. Ich mache immer einen Hauch Zimt und Kardamom mit in den Teig, aber das schmeckt vielleicht nicht jedem«, erklärte Svea.

»Magst du vielleicht mit uns mit backen?«, fragte Ben und fasste nach ihrer Hand. Mina ahnte, was in ihm vorging. Svea war hübsch, sie hatte ein tolles, freundliches Lächeln, sie hatte ihn nicht geschimpft, sie mochte auch Vanillekipferl, und sie hatte einen Hund. Mehr verlangte Ben nicht von seiner Traumfrau.

Malte sah kurz erschrocken und dann verlegen zu Svea.

»Bitte entschuldigen Sie. An der Erziehung der beiden arbeite ich noch.« Er legte Ben eine Hand auf den Kopf und Mina den Arm um die Schulter. »Auf der anderen Seite, wenn es jetzt nicht komisch rüberkommt und sie wirklich nichts anderes vorhaben, es würde uns schon helfen, wenn wir jemanden an unserer Seite hätten, der sich mit Plätzchenbacken auskennt.« Malte lächelte Svea an, und auch Ben strahlte wie ein Jöölboom.

»Ich weiß nicht recht«, erwiderte Svea. »Ich kenne Sie ja gar nicht. Das heißt, ich weiß natürlich, wie Sie heißen und dass Sie Architekt sind und offensichtlich auch ein Hundefreund, aber ich möchte mich wirklich nicht aufdrängen.«

Malte berührte Svea leicht am Arm. »Das tun Sie nicht. Das verspreche ich.«

»Na, dann!« Svea lachte wieder und sah von Ben zu Mina und wieder zurück, als wollte sie sichergehen, dass die Kinder nichts dagegen hatten.

Ben kramte eine kleine Schüssel aus dem unteren Küchenschrank und ließ sie mit Wasser volllaufen, bevor er sie Bolle hinstellte, der zunächst schnupperte und sie dann mit großem Geschlabber austrank. Svea zog sich ihre Jacke und die Stiefel im Flur aus, zog die Mütze vom Kopf und zupfte sich vorm Spiegel noch schnell ihre Haare zurecht. Anschließend wusch sie sich die Hände und blickte sich in der Küche um.

»Wie weit seid ihr denn?«, fragte sie die Kinder.

»Wir haben den Teig für die Butterplätzchen fertig. Der

ist im Kühlschrank«, klärte Mina sie auf. »Nun wollten wir den Teig für die Vanillekipferl machen.«

»Alles klar. Dann legen wir mal los.« Svea klatschte in die Hände und zog sich die Ärmel ihres Pullovers hoch.

»Darf ich Ihnen einen Kaffee oder Tee oder ein Wasser anbieten?«, schaltete sich Malte ein.

»Ein Wasser wäre toll.« Die Tierärztin streckte ihm die Hand hin. »Ich bin Svea, und ich fände es komisch, sich beim Plätzchenbacken zu siezen.«

»Malte«, antwortete Malte und reichte ihr lächelnd ein Glas Wasser.

Die nächsten Stunden vergingen wie im Flug. Svea machte den Teig für die Vanillekipferl nach einem Rezept ihrer verstorbenen Uroma Ilse und ließ, wie angekündigt, auch eine Prise Zimt in die Knetschüssel hineinrieseln. Auf den Kardamom musste sie verzichten, denn Malte hatte das orientalische Gewürz nicht im Haus. Ben und Mina kneteten wieder den Teig und formten kleine Halbmonde, die sie vorsichtig auf ein Blech legten. Malte hatte in der Zwischenzeit den Butterplätzchenteig ausgerollt und die Ausstechförmchen aus der Küchenschublade gekramt und abgewaschen. Stolz zeigten Ben und Mina Svea jeweils ihre Lieblingsförmchen. Während Ben nur kleine Autos ausstechen wollte, liebte Mina die Krone sehr. Doch Malte bestand darauf, dass sie auch Sterne, Weihnachtsbäume und Nikoläuse ausstachen, schließlich seien es ja Weihnachtsplätzchen.

Die Küche, ja das gesamte Haus wurde in dieser Zeit von fröhlichen Stimmen, Gelächter und dem Duft von warmen Plätzchen erfüllt. Plötzlich klingelte Sveas Handy.

»Praxis Dr. Sander, ja, ich höre.« Svea lauschte einen Augenblick in den Hörer, dann sagte sie: »Ich komme so schnell ich kann.« Sie legte auf und wandte sie sich an die Kinder. »Es tut mir leid. In Munkmarsch will ein Fohlen ans Licht der Welt. Leider liegt es ungünstig, deshalb muss ich jetzt gleich dorthin.«

»Och, schade«, sagte Ben. »Hoffentlich wird es ein braunes Fohlen.«

Svea hob bedauernd die Schultern. »Es tut mir wirklich leid«, erklärte sie, schlüpfte in ihren Mantel und in ihre Schuhe und war schon zur Tür hinaus. Und mit ihr, hatte Mina den Eindruck, war auch ein großer Teil der Plätzchenbackfreude verschwunden. Es war niemand mehr da, der mit einem Gabelzinken lustige Figuren in den Teig ritzte. Keiner, der mit einer angewärmten Tafel Schokolade Teddybärengesichter auf Plätzchen malen konnte. Außerdem war der Kakao kalt, und die Plätzchen klebten ganz schrecklich an den Fingern und auf dem Küchentisch.

Ein bisschen lustlos verzierten sie den Rest der Plätzchen, als Mina plötzlich etwas einfiel. »Papa, jetzt hat Svea gar keine Plätzchen mit nach Hause genommen. Dabei hätten wir das alles ohne ihre Hilfe gar nicht geschafft.« Sie deutete auf die beiden Bleche, die auf dem großen Küchentisch zum Abkühlen lagen.

»Stimmt. Aber so schlimm ist es auch nicht. Wir können ihr ja morgen eine Dose voll packen und sie ihr vorbeibringen.«

Malte strich Mina eine Haarsträhne aus der Stirn.

Als sie am Abend im Bett lag und Malte zu ihr kam, um ihr eine gute Nacht zu wünschen, schlang Mina ihrem Vater beide Arme um den Hals. »Es war ein schöner Nachmittag«, sagte sie leise. »Ich wünsche mir, dass Svea uns wieder besuchen kommt.«

Malte strich ihr sanft über den Rücken. »Mina, wir wissen nichts über Svea. Sie hat bestimmt selbst eine Familie. Oder wenigstens einen Freund. Allerdings ist sie uns natürlich jederzeit willkommen.«

»Bringen wir ihr morgen trotzdem ein paar Plätzchen vorbei?«, wollte Mina wissen.

»Das können wir gern tun; sie hat uns schließlich sehr geholfen.«

»Und wie hat dir Bolle gefallen?«, wollte Mina wissen. »Ich fand, er hat wunderbar hier ins Haus gepasst. Und er hat gar keine Arbeit gemacht.«

Das Lächeln verschwand. »Ich weiß, dass ihr euch einen Hund wünscht. Und glaube mir, ich würde euch diesen Wunsch wirklich gern erfüllen, aber im Augenblick seid ihr einfach noch ein wenig zu klein. In zwei, drei Jahren sieht das bestimmt schon anders aus.«

Mina seufzte. »Aber wir würden uns auch wirklich um den Hund kümmern, wir würden mit ihm spazieren gehen, ihn füttern und sein Fell bürsten.«

»Ich weiß, Liebes, aber ihr könntet nicht allein mit dem Hund spazieren gehen, diese Verantwortung ist noch zu groß für euch. Und im Augenblick habe ich einfach keine Zeit, zwei- oder dreimal am Tag eine Stunde Gassi zu gehen.«

6. Kapitel

Gleich nach dem Frühstück am nächsten Morgen suchte Mina eine große Dose aus dem Küchenschrank und schichtete eine ordentliche Portion der Plätzchen auf eine Schneemann-Serviette, die sie vorher hineingelegt hatte. Zum Abschluss legte sie noch eine weitere Serviette auf die Plätzchen und drückte vorsichtig den Deckel auf die Dose.

»Fertig«, verkündete sie und packte die Dose vorsichtig in einen Stoffbeutel.

»Prima. Zieht euch Schuhe, Jacken, Mützen und Schals an, dann können wir gleich los.« Malte hatte neues Holz vor dem Kaminofen aufgeschichtet und klopfte sich nun die Hände ab, während Mina ihrem Bruder beim Anziehen half.

Ben hatte seinen Pullover mit den Dinosauriern unbedingt anziehen wollen und war in Tränen ausgebrochen, als er festgestellt hatte, dass dieser in der Wäsche lag. Nur mit Engelsgeduld – und einigen Plätzchen – war es Mina gelungen, ihren Bruder zu beruhigen und sich mit ihm auf den grauen Pullover mit aufgestickten Autos zu einigen.

»Mina, hast du die Plätzchen?«, vergewisserte ihr Vater sich noch schnell und wollte soeben die Haustür öffnen, als es klingelte. Verwundert öffnete Malte die Tür. Davor stand eine aufgelöste Cornelia.

»Oh, Gott sei Dank! Ihr seid noch da! Ich glaube, meine Wasserleitung in der Küche ist in der Nacht eingefroren. Die ganze Zeit plätschert Wasser. Und heute am Sonntag ist natürlich auch kein Klempner zu erreichen!« Sie klang so hysterisch, dass sie Mina fast leidtat.

»Könntest du mal gucken kommen, Malte? Es ist Wochenende, und beim Klempnernotdienst geht niemand ans Telefon«, bat Cornelia und rang die Hände.

»Ist gut, ich komme mit. Mina, Ben, wollt ihr alleine zu Svea gehen? Ihr kennt doch den Weg, oder? Ihr müsst einfach am Tennisclub vorbei, den Franz-Korwan-Weg runter bis zum Ende. Nicht in den Halemdüür einbiegen, sondern den schmalen Weg geradeaus weiterlaufen, am Teich vorbei. Dann kommt ihr zum Strandweg. Wenn ihr in den eingebogen seid, ist es das sechste Haus. Und ihr müsst bei Sander klingeln. Kannst du dir das merken, Mina, oder soll ich es dir aufschreiben.« Malte sah seine Tochter fragend an.

»Klar krieg ich das hin. Ich bin ja schließlich kein Baby mehr«, gab Mina patziger zurück als beabsichtigt.

»Stimmt. Du bist ja schon meine Große.« Malte gab Mina einen Kuss auf die Mütze. »Vielleicht ist es ja auch gar nicht so schlimm bei Cornelia, und ich kann euch noch einholen.« Er lächelte aufmunternd.

»Mh. Mal gucken«, gab Mina zur Antwort, nahm ihren kleinen Bruder an der Hand und trottete davon. Sie hatte sich so auf den Besuch bei Svea gefreut. Vielleicht hätte die Tierärztin sie ins Haus gebeten und ihnen Kakao gekocht. Vielleicht wäre es wieder so schön geworden wie gestern. Aber dazu hätte der Vater dabei sein müssen, denn ohne Malte war alles nur halb so schön.

Doch als Mina und Ben in den Strandweg einbogen, sahen sie schon von weitem einen weißen Porsche vor der Tierarztpraxis parken. Mina blieb stehen und hielt Bens Hand fest. »Vielleicht kommen wir ungelegen? Vielleicht hat Svea gerade einen Patienten?«

Ben schüttelte den Kopf. »Heute ist Samstag. Da gibt es nur Notfälle.«

Mina nickte, packte die Hand ihres Bruders ein wenig fester und ging langsam zu dem weißen Haus mit dem frisch gedeckten roten Dach. Sie waren nur noch ein paar Meter entfernt, da ging plötzlich die Tür des Hauses auf, und ein Mann erschien in der Öffnung. »Ich gehe dann jetzt«, rief er ins Haus hinein, und keine Minute später kam Svea an die Tür. »Pass auf dich auf!«, sagte sie. Dann beugte sich der Mann zu Svea hinab und küsste sie. Die beiden hielten sich eine ganze Weile umarmt. Schließlich ließ Svea die Arme sinken und trat einen Schritt zurück.

»Ich werde dich immer lieben«, rief der Mann, dann hob er noch einmal seine Hand zum Gruß. »Wir sehen uns nächste Woche.«

Svea nickte, winkte zurück und begab sich dann ins Haus.

Mina erstarrte. Hatte Svea tatsächlich einen Freund? Warum kam ihr der Mann nur so bekannt vor? Mina war sich sicher, ihn schon einmal gesehen zu haben. Sie runzelte die Stirn vor angestrengtem Nachdenken, doch dann fiel es ihr ein: Der Mann war Dr. Schmidt, der Zahnarzt, bei dem Cornelia arbeitete! Mina wunderte sich nur kurz über diesen Zufall, aber Sylt war keine besonders große Insel, und man traf sich selten nur einmal.

Mina und Ben warteten, bis der Porsche losgefahren war, dann klingelten sie bei Svea an der Haustür. Mina hatte kurz überlegt, ob sie sich noch ein wenig gedulden sollten. Vielleicht kam der Vater ja bald. Doch dann sah sie, dass Ben fror.

Svea öffnete und hielt dabei Bolle am Halsband fest. Der Hund bellte vor Freude.

»Wo kommt ihr denn her?«, fragte Svea, und Mina hatte den Eindruck, dass sie sich nicht so recht freute. Überhaupt wirkte sie gar nicht so fröhlich wie gestern. Und wenn Mina nicht alles täuschte, dann hatte sie sogar verweinte Augen.

»Du hast gestern gar keine Plätzchen mitgenommen«, begann Mina.

»Und deshalb bringen wir dir jetzt welche«, beendete Ben den Satz seiner Schwester und reichte Svea feierlich die Dose mit den Plätzchen.

»Das ist aber lieb von euch. Vielen Dank!« Svea mühte

sich um ein Lächeln, dann strich sie Mina kurz über die Schulter und hockte sich hin, um Bens Schnürsenkel neu zu binden.

»Ich wollte eine Runde mit Bolle spazieren gehen. Habt ihr Lust mitzukommen?«, fragte sie. »Euer Vater weiß doch, wo ihr seid, oder?«

Mina und Ben zögerten. »Dürfen wir ihn anrufen und fragen?«, bat Mina. Cornelia hätte sie diese Frage nicht gestellt, denn bestimmt hätte sie sofort wissen wollen, warum sie eigentlich noch kein Handy hatte. Die meisten Kinder in ihrer Klasse hatten eins, Henning und Jasper besaßen sogar ein Smartphone, aber Malte war der Ansicht, dass ein Schulkind der zweiten Klasse noch kein Handy brauchte. Alles Bitten und Betteln hatte nicht geholfen; Mina würde erst ein Handy bekommen, wenn sie auf die weiterführende Schule ging.

»Aber natürlich! Kommt rein. Weißt du die Nummer?« Svea trat zur Seite, und Mina und Ben betraten den Flur. Zuerst hockten sie sich hin und kraulten Bolle, und dann führte Svea die beiden ins Wohnzimmer. Es war ein großer, sehr heller Raum. Vor den riesigen Fensterflächen standen Zweige in einer Bodenvase und daneben Bolles Hundekörbchen. Sogar der Jöölboom hatte bereits seinen Platz gefunden und war mit den typischen friesischen Salzgebäckfiguren, Adam und Eva unter dem Baum der Erkenntnis, dem Pferd, einem Hund und einem Hahn sowie mit roten Äpfeln und einer Lichterkette geschmückt. Auf dem hellgrauen Sofa in der Mitte des Raums lagen bunte Kissen, und in dem Bücherregal, das sich über die ganze gegenüberliegende Wand erstreckte, gab es ein ganzes Fach mit Märchenbüchern. An der anderen Seite des Raums stand ein Esstisch, der allerdings voll beladen war mit Zetteln, Ordnern, einem Laptop, einer Kaffeetasse, einer Karaffe mit Wasser sowie einem Glas und einem Adventskranz mit brennenden Kerzen. An der Wand über dem Esstisch hing ein Regalbrett, auf dem liebevoll Weihnachtsdekoration aufgebaut war: Eine große Schneekugel stand darauf, ein Engel breitete seine Arme wie zum Segen aus, aus einem kleinen Räucher-Weihnachtsmann stieg Rauch auf, und ein sternförmiger Kerzenhalter ließ den im Tageslicht noch recht schwachen Schein der Kerze tanzen.

»Setzt euch. Ich fülle schnell die Plätzchen in eine andere Dose, dann könnt ihr diese hier wieder mitnehmen«, sagte Svea und hielt die Plastikdose, die Ben und Mina mitgebracht hatten, in die Höhe. »In der Zwischenzeit könnt ihr ja auch schon euren Vater anrufen. Das Telefon liegt auf dem Couchtisch.«

Mina ging zu dem kleinen dunkelgrauen Tisch hinüber und nahm sich das weiße schnurlose Telefon. Wie oft hatte sie mit ihrem Vater die Ziffern seiner Telefonnummer geübt? Bestimmt an die hundert Mal. Konzentriert tippte Mina nun Ziffer für Ziffer auf dem Telefon. Sie bemerkte dabei nicht, dass sich ihre Zunge aus dem Mund, an den Zähnen vorbeigeschoben hatte und nun zwischen den Lippen hervorlugte. So wie immer, wenn sie sich konzentrierte. Als sie fertig war, drückte sie noch auf das grüne Hörer-Symbol und wartete auf das Tuten. Kurz darauf meldete sich ihr Vater: »Neubauer, guten Tag.«

»Hallo, Papa. Wir sind bei Svea, und sie hat gefragt, ob wir noch mit ihr und Bolle spazieren gehen wollen. Dürfen wir? Bitte!«

»Wenn ihr Lust dazu habt, dürft ihr. Seid nur pünktlich zum Mittagessen zurück. Bis dahin bin ich hier auch bei Cornelia fertig. Ruft noch mal an, wenn ihr wieder zurück seid, dann hole ich euch ab«, antwortete ihr Vater.

Mina konnte hören, dass er erleichtert darüber war, dass sie noch länger beschäftigt waren.

»Okay, bis später«, sagte sie deshalb knapp und legte auf.

Svea kam aus der Küche zurück. »Und? Hast du ihn erreicht? Ist er einverstanden?« Als Mina ihre Frage bejahte, klatschte Svea in die Hände. »Prima. Dann können wir auch direkt losgehen.«

Sie zog sich ihre Jacke und Schuhe an, band sich einen knallroten Schal um den Hals und setzte wieder die olivfarbene Mütze auf. Ben durfte Bolle das Halsband umlegen und Mina die Leine an dem Halsband befestigen.

Sie gingen den Strandweg hinab, überquerten die winterlich kahlen Dünen und waren bald darauf am Strand angelangt. Der Wind blies ihnen die Gischt ins Gesicht und zerrte an ihrer Kleidung. Die Wellen warfen sich brüllend an den Strand, so dass man sein eigenes Wort nicht verstehen konnte. Wolken jagten über den Himmel und ließen nur hin und wieder die Sonne hindurchblitzen. Es war kalt und rau, doch echte Sylter wie Mina und Ben liebten ihre Insel bei jedem Wetter.

Dick eingemummelt stemmten sie sich gegen die Windböen und stapften Schritt für Schritt durch den Sand.

Bolle schien das Wetter überhaupt nichts auszumachen. Er rannte über den Sand, jagte Möwen und spielte laut bellend mit einem anderen Hund. Immer wieder aber lief er zu Svea zurück, als wollte er sich vergewissern, dass sie auch mitbekommen hatte, wie schnell und toll er gerannt war, fand Mina. Svea lobte ihn jedes Mal, und ab und an bekam Bolle auch ein Leckerli.

»Warum seid ihr heute eigentlich ohne euren Vater zu mir gekommen?«, fragte Svea nach einer Weile und warf einen Stock soweit sie konnte von sich weg, und Bolle rannte bellend hinterher.

»Eigentlich wollte er ja mitkommen, aber dann kam Cornelia und bat um Hilfe, weil in ihrer Küche die Wasserleitung kaputt war«, erzählte Mina.

»Cornelia ist unsere Nachbarin«, fügte Ben hinzu. »Sie klingelt oft bei uns.«

»Das ist doch sehr nett von euerem Vater, dass er ihr da hilft«, meinte Svea.

»Naja, so gut kennen wir sie eigentlich gar nicht«, wiegelte Mina ab. »Und sie kommt fast jeden Tag. Aber manchmal kann sie auch nett sein.«

»Ja, aber Mama war netter. Und hübscher. Sie war so hübsch wie du«, setzte Ben hinzu.

»Oh, danke schön, Ben, das hast du lieb gesagt.« Svea strahlte über das ganze Gesicht und wuschelte Ben liebevoll durch das Haar. Sie ahnte, dass es für Ben kein größeres Kompliment gab, und sie freute sich wirklich darüber.

»Magst du Kinder?«, wollte Ben plötzlich wissen und fasste vertraulich nach ihrer Hand.

»O ja! Sehr sogar«, antwortete Svea wahrheitsgemäß.

»Warum hast du dann keine?«

»Tja, leider hat sich das bis jetzt noch nicht ergeben. Aber eines Tages wünsche ich mir schon Kinder. Am liebsten drei oder vier Stück.«

Mina hätte zu gern gefragt, ob der Zahnarzt Dr. Schmidt vielleicht ihr Freund war, doch sie wagte es nicht. Außerdem war der Kuss eindeutig gewesen.

Am Abend saßen Ben und Mina bei Malte im Bett, kuschelten sich an ihren Vater und sprachen über den Spaziergang mit Svea. Malte hatte sie kurz vor zwölf Uhr bei Svea abgeholt, und Mina hatte genau hingeguckt, wie ihr Vater Svea angesehen hatte und umgekehrt. Sie fand, die beiden würden sehr gut zusammenpassen. Wenn doch bloß dieser Dr. Schmidt nicht wäre!

7. Kapitel

Das Wartezimmer war brechend voll. Schon vor der Öffnung der Praxis hatten zwei ältere Damen draußen auf der Straße gewartet. Und nun gaben sich die Patienten regelrecht die Klinke in die Hand.

Cornelia seufzte und nahm einen großen Schluck aus ihrem Kaffeebecher. Ihr Blick wanderte zurück zu dem Reiseprospekt, in dem sie eben geblättert hatte. Gerade hatte sie ein Angebot gelesen, das man unmöglich ausschlagen konnte. Zwei Wochen Santo Domingo in der Dominikanischen Republik für unter zweitausend Euro pro Person – und das einschließlich Flug und inklusive aller Speisen und Getränke sowie einer große Silvesterparty mit Barbecue am Strand. Cornelia seufzte. Ach, wie toll es wäre, dorthin zu fahren. Sie dachte an Malte, doch in diesem Augenblick kehrte Dr. Schmidt aus der Mittagspause zurück. »Na, meine Liebe, kann es losgehen?«

Cornelia zwang sich ein Lächeln ins Gesicht und nickte.

Svea schlenderte mit einem Kaffeebecher in der Hand durch die Fußgängerzone von Westerland. Sie war auf der Suche nach den letzten Geschenken. In wenigen Tagen war der Heilige Abend, und in ihrer Familie gab es regelmäßig am ersten Weihnachtsfeiertag ein sehr großes Fest, bei dem alle Verwandten zusammenkamen. Es würde sicher wieder voll, trubelig, feucht-fröhlich und so gar nicht besinnlich sein. Eigentlich mochte Svea diese chaotischen Familienzusammenkünfte, doch diesmal stand ihr nicht so recht der Sinn danach. Sie würde vom 23. 12. von acht Uhr bis zum 24.12. zwanzig Uhr Bereitschaftsdienst haben und wusste aus Erfahrung, dass sie hinterher ziemlich erschöpft sein würde.

Sie suchte für ihre Eltern ein Teeservice aus und ließ noch einen passenden Wintertee einpacken, kaufte für Onkel Holger einen geringelten Schal, seine Frau würde am Heiligabend ein Seidentuch auspacken und die Kinder die gewünschten Legobausteine. Für Onkel Erwin erstand sie einen schweren, gelben Kugelschreiber, in dem eine Wasserwaage integriert war, und für ihre Tante Elisabeth kaufte sie Handschuhe aus echtem Rindsleder. Ihre Brüder bekamen aktuelle Kriminalromane, deren Frauen exquisite Duschöle und die Kinder jeweils die Highlights aus den Kinderbuchcharts. Das waren keine Verlegenheitsgeschenke, weil Svea nichts Besseres einfiel, sondern Geschenke, die den Adressaten tatsächlich jedes Jahr aufs Neue eine große Freude bereiteten. Für Ole und Saskia erwarb sie eine kuschelige Sofadecke.

Zufrieden trug sie ihre Errungenschaften durch die Neue Straße und betrachtete die Waren in den Schaufenstern. Sie liebte diesen Zauber der Vorweihnachtszeit. Die schön dekorierten Geschäfte, den Duft, der über der Innenstadt Westerlands hing und den auch der oft starke Wind nicht vertreiben konnte, und die vielen Lichter, die der ganzen Insel einen besonderen Glanz verliehen. Im Gegensatz zu den meisten anderen Menschen machte sie auch gerne die Weihnachtsbesorgungen. Das ganze Jahr passte sie auf, ob ihr Gegenüber einen Wunsch äußerte, und trug diesen dann in ihr Filofax ein. Zu Weihnachten zog sie dann ihre Notizen zu Rate und kaufte, was sie aufgeschrieben hatte. Am vierten Advent kochte sie sich einen großen Becher Tote Tante – eine heiße Schokolade mit Rum und einer Haube aus Sahne –, dann legte sie eine CD mit Weihnachtsliedern ein und packte die Geschenke ein. Sie liebte diese Arbeit. Vorher hatte sie bereits für jeden das passende Papier ausgesucht und verzierte die Geschenke zum Schluss mit großen roten Schleifen und goldenen Sternen.

In Gedanken ging sie ihre Liste der zu beschenkenden Menschen durch. Für die Angestellten ihrer Tierarztpraxis hatte sie kleine Präsentkörbchen mit Köstlichkeiten zusammengestellt, die sie selbst gekocht, gebacken oder gemixt hatte. Selbst für Bolle hatte sie ein kleines Geschenk besorgt. Er würde am Heiligabend unter dem Baum ein neues Spielzeug und natürlich einen Kauknochen finden.

Svea fiel niemand ein, den sie vergessen haben könnte, und dennoch hatte sie das Gefühl, es fehlten noch Geschenke. Sie ging weiter und spähte in das nächste Geschäft. In der Auslage sah sie einen wundervollen grünen Strickpullover, der hervorragend zu ihren braunen Haaren passen würde. Sie überlegte, ob sie ihn anprobieren und sich selbst schenken sollte, doch als sie das Preisschild sah, entschied sie sich dagegen. Dreihundert Euro für einen einfachen Strickpullover fand sie dann doch recht happig. Aber an solche Preise musste man sich gewöhnen, wenn man auf Sylt lebte. Das nächste Schaufenster gehörte zu einem Spielwarenladen und war proppevoll mit Autos, Baggern, Puppen und Puppenzubehör, Legobausteinen, Bällen, Fahrrädern und Büchern. Und plötzlich fiel ihr ein, wem sie gerne noch etwas schenken würde: Mina und Ben. Die beiden Kinder hatten sich jetzt schon in ihr Herz geschlichen, auch wenn sie sich erst ein paar Mal gesehen hatten. Sie waren noch zweimal zusammen spazieren gewesen und hatten jedes Mal sehr viel Spaß miteinander gehabt. Inzwischen wusste sie, mit wem die beiden Kinder gerne zusammen spielten, was ihre Hobbys waren, welche Hörspiele sie liebten und was sie gerne und was sie weniger gerne aßen. Entschlossen betrat Svea den Laden. Bei den Kuscheltieren fand sie genau das, was sie für Ben gesucht hatte: einen flauschigen schwarz-braunen Plüschhund. Sie nahm sich vor, noch ein Halsband und eine Leine zu besorgen, damit Ben auch täuschend echt mit seinem neuen Gefährten spielen konnte. Für Minas Geschenk bog Svea in die Bücherabteilung ab. Sie wusste, dass Mina sehr gerne las und vor allem Märchen es ihr angetan hatten. Sie nahm

Buch für Buch aus dem Regal, blätterte in den Seiten, las einzelne Abschnitte, besah sich die Bilder und entschied sich schließlich für einen in graues Leder gebundenen Klassiker. Ein Märchenschatz von Hans Christian Andersen. Zufrieden ging sie zur Kasse.

Malte saß in seinem Gaubenzimmer über den Plänen für ein Haus mit exklusiven Eigentumswohnungen. Seine Auftraggeber hatten noch einige Änderungswünsche gehabt, die er einarbeiten wollte, doch er konnte sich einfach nicht konzentrieren. Er kaute an seinem Bleistift und blickte aus dem Fenster. Draußen herrschte trübes Wetter. Dicke schwarze Wolken bedeckten den Himmel. Malte hatte seine Schreibtischlampe angeschaltet, obgleich es erst gegen Mittag war. Er seufzte. Es war einer von diesen Tagen, die innen und außen grau waren.

Gestern waren Ben und Mina wieder mit Svea und Bolle am Strand spazieren gegangen, und er hatte in der Zwischenzeit das Abendbrot vorbereitet. Er hatte den Tisch mit dem blauen Geschirr gedeckt, das Helena so geliebt hatte. Er hatte Brot geschnitten, Wurst und Käse auf Platten ausgebreitet, Äpfel geschält und geviertelt, und dann hatte er zum Wasserkocher greifen wollen, um den abendlichen Tee zu brühen, als ihm plötzlich auffiel, dass er die ganze Zeit vor sich hin gesummt hatte. Ihm war leichter zumute als in vielen Monaten davor. So leicht, dass er tatsächlich gerne ein Glas Wein getrunken hätte. Er hatte seit Jahren keinen Alkohol mehr getrunken, denn schon nach dem ersten Glas war er in eine so trübselige Stimmung geraten, die er nur schwer aushalten konnte. Aber heute, da war er sich ganz sicher, würde ihm ein Glas Wein zum Abendbrot hervorragend schmecken. Summend stieg Malte in den Keller, wählte eine Flasche Rotwein aus Rheinhessen aus, stellte Weingläser auf den Tisch und entkorkte die Flasche.

Cornelia hatte ihm einen Reiseprospekt in den Briefkasten geworfen. Santo Domingo. Daran hatte sie einen Zettel geheftet: *Hast du Lust? Ich würde mich riesig freuen.* Malte war noch nie in der Karibik gewesen. Er hatte gehört, dass das Wasser dort nie weniger als zwanzig Grad hatte. Er sehnte sich nach Sonne und Leichtigkeit, nach Lachen und – nach Freiheit. Ein bisschen Freiheit. Nicht für lange und nicht generell, sondern einfach nur einmal für ein paar Tage. Einfach nur Malte sein und nicht Vater. Er steckte die Hände in die Hosentaschen und blickte von der Straße weg und zum Haus gegenüber. In Cornelias Küche brannte Licht. Er sah, wie sie den Kühlschrank öffnete und etwas herausnahm. Dann ging in ihrem Wohnzimmer das Licht an, und er beobachtete, wie Cornelia nach einem Buch griff und es sich auf der Couch gemütlich machte. Er seufzte. Wann hatte er zum letzten Mal ein Buch gelesen, das kein Fachbuch war? Er konnte sich nicht mehr erinnern.

Im nächsten Augenblick bogen Svea und seine beiden Kinder um die Ecke. Er hörte Sveas Lachen und Bens Stimme, er hörte Bolle bellen und Mina kichern, und mit einem Mal waren alles Fernweh und jede Sehnsucht nach Freiheit verflogen. Er riss die Haustür auf, fing Ben mit offenen Armen, küsste Mina auf die Stirn, streichelte Bolle, begrüßte Svea und sah nicht einmal, dass Cornelia ihr Buch zur Seite gelegt hatte und aus dem Fenster zu ihm herüberblickte.

Wenig später saßen sie alle um den großen Holztisch herum.

»Papa, stell dir vor, Bolle ist einer Möwe nachgejagt und dabei ins Meer gerannt. Als eine Welle kam, hat er sich furchtbar erschrocken«, erzählte Ben und strahlte dabei Svea an.

Seit sie eingetroffen waren, hatte Ben ununterbrochen geplappert, und als Malte sah, dass sein Sohn während des Abendbrotes schüchtern seine kleine Hand kurz auf Sveas Hand legte, spürte er einen Stich in seinem Herzen. Nicht nur Mina brauchte eine Mutter; auch Ben hatte sie nötig.

»Und du, Mina, wie war dein Tag?«, fragte Malte und bemühte sich um gute Laune.

Mina strahlte. »Ich hatte doch Plätzchen mit in der Schule, und Jana und Lydia haben gesagt, dass sie so toll schmecken wie bei ihnen zu Hause.«

Obwohl die Erwachsenen während des Abendessens nicht alleine gewesen waren, hatte Malte den Eindruck, in dieser halben Stunde eine Menge von Svea zu erfahren. Sie war ihm von Anfang an so vertraut, dass es ihm fast unheimlich war. Er überlegte. Ja, es war die Ausstrahlung.

Sie hatte dieselbe schelmische Ausstrahlung, die auch Helena gehabt hatte. Viele Männer vor ihm hatten in Helena hauptsächlich die gute Freundin gesehen, mit der man Pferde stehlen konnte. Auch wenn ihre Attraktivität für jeden sichtbar war, stand doch ihr offener, neugieriger und fröhlicher Charakter im Vordergrund. Und auch Svea schien sich aus ihrer Schönheit nicht viel zu machen. Sie war dezent geschminkt, modisch gekleidet, aber nicht aufdringlich. Sie schien sich nicht zu schade zu sein, um auch mal mit derben Stiefeln durchs Watt zu wandern. Doch Mina und Ben hatten ihm erzählt, dass Svea einen Freund hatte, und seither erschien es Malte, als käme Svea nur wegen Ben und Mina in den Deichweg.

Wie anders doch Cornelia dagegen war! Stets gut und teuer gekleidet, immer bestens über alles informiert. Sie liebte gutes Essen und schätzte hervorragende Weine, sie war einfach eine Frau, nach der sich die Männer auf der Straße umdrehten. Eine Frau, die sich in der Welt auskannte, die sich sowohl in New York als auch in Rio oder Tokio zurechtfand und die wahrscheinlich nur auf Sylt lebte, weil die Welt auf die Insel kam. Cornelia war Stammgast in der Kupferkanne und in der Sansibar; sie kannte die Friesenhäuser der Prominenten in Kampen und List und wahrscheinlich konnte sie sogar die Sylter Royal von einer Belon-Auster aus der Südbretagne unterscheiden.

Malte musste sich allerdings eingestehen, dass Svea ihn, obwohl er sie kaum kannte, auf eine andere, geerdete Art faszinierte. Doch war er wirklich bereit, sein Herz, sein

Haus und sein Leben für eine neue Frau an seiner Seite zu öffnen? Eigentlich hatte er sich doch mit Ben und Mina ganz gut eingerichtet, sie hatten einen Weg gefunden, mit der Trauer und der Lücke in ihrem Leben klarzukommen. Natürlich fehlte ihm eine Frau, und es war auch nicht so, dass er nicht einmal eine kurze Affäre gehabt hätte, doch niemals hatte er das Gefühl gehabt, diese Frau seinen Kindern vorstellen zu müssen. Nur bei Cornelia war es passiert, aber das lag vor allem daran, dass sie direkt gegenüber wohnte. Aber an eine neue Partnerin hatte er nie wirklich gedacht.

Ihm war klar, dass eine potenzielle neue Partnerin erst einmal die Überprüfung durch Ben und Mina überstehen musste, um auch nur ansatzweise infrage zu kommen. Und selbst dann musste diese Frau auch noch bereit sein, es mit den zwei kleinen Rabauken, es mit ihm und vor allem mit Helena, die immer einen Platz in ihrer Familie haben würde, aufzunehmen. Und welche Frau würde schon dazu bereit sein? In diesem Augenblick erschien Cornelia drüben bei sich am Fenster. Von ihrem Platz aus konnte sie direkt auf den Esstisch der Neubauers schauen, und Malte hob die Hand und winkte ihr. Cornelia küsste ihre Fingerspitzen und sandte ihm einen Luftkuss, über den Malte lächeln musste.

Im selben Augenblick sprang Svea auf. Sie hatte den letzten Bissen noch im Mund, als sie sagte: »Ich glaube, ich sollte jetzt gehen. Bolle muss noch einmal ausgeführt werden.«

»Aber du hast doch deinen Wein noch gar nicht ausgetrunken«, stellte Mina fest.

Abrupt nahm Svea das Glas und stürzte den Wein in einem Zug hinunter. »Es tut mir leid, ich muss jetzt wirklich gehen.«

Sie packte ihre Jacke und nahm sich nicht einmal die Zeit, den Reißverschluss richtig hochzuziehen, da klappte hinter ihr schon die Tür.

Malte sah ihr nach und seufzte, doch dann sah er Cornelia schon winken und acht Finger in die Höhe strecken. Kommst du nachher zu mir? Um acht?, hieß das, und Malte nickte.

Dann lagen die Kinder im Bett, und er verließ das Haus, nicht ohne Mina zu sagen, dass er zu Cornelia ging. Er beugte sich über sie und wollte ihr einen Gute-Nacht-Kuss geben, doch Mina verschränkte die Arme vor der Brust und drehte das Gesicht weg.

»Was ist los mit dir?«, fragte Malte.

»Nichts«, brummte Mina.

8. Kapitel

Was?« Malte presste sich vor Entsetzen den Telefonhörer noch fester ans Ohr. »Wie genau ist das denn passiert?«

»Es hat heute Nacht Frost gegeben, und die Straßen waren glatt. Mutti ist heute Morgen zum Einkaufen gegangen, und als sie mit den vollen Einkaufstüten auf dem Rückweg war, hat sie das Gleichgewicht verloren und ist gestürzt. Zum Glück waren nette Passanten in der Nähe, die direkt den Krankenwagen gerufen haben.« Malte fuhr ein kalter Schauer über den Rücken. Seit Helenas Tod reagierte er bei jeder Krankheit und jeder Verletzung seiner Liebsten regelrecht panisch. »Wie schlimm ist es? Was hat sie sich getan? Ist etwas gebrochen?«

»Ja. Die Ärzte haben das ziemlich schnell festgestellt. Sie hat sich den Knöchel gebrochen. Sie wird schon morgen operiert.«

»Okay, ich regele hier ein paar Dinge, und dann komme ich zu dir gefahren. Wir hätten die Patientenverfügung schon vor Jahren ausfüllen sollen. Jetzt gibt es keinen Aufschub mehr.«

Walther Neubauer versuchte, seinen Sohn zu beruhigen. »Ach Junge, das ist lieb von dir, aber das brauchst du nicht. Du hast doch die Kinder und deine Arbeit. Deine Mutter und ich kriegen das schon hin.«

»Keine Widerrede. Es gibt so viel zu klären. Nicht nur vor der Operation, sondern auch danach. Zum Beispiel, welche Pflege Mama benötigt und ob du dabei Hilfe brauchst. Ich lass euch jetzt auf keinen Fall alleine; das kommt überhaupt nicht in Frage«, widersprach Malte. Er hatte das dringende Bedürfnis, sich selbst davon zu überzeugen, dass das Leben seiner Mutter nicht bedroht war. »Ich rufe dich von unterwegs aus an. Nimm dein Handy mit, wenn du zu Mama ins Krankenhaus gehst.«

Malte legte auf und ließ das Telefon sinken. Was für eine Katastrophe! Seine Eltern waren zwar erst Mitte und Ende sechzig und noch sehr fit, doch wenn seine Mutter Erna ausfiel, die sich zu Hause um den Haushalt kümmerte und alles im Alltag organisierte, war sein Vater auf lange Sicht aufgeschmissen. Er musste einfach hinfahren und nach dem Rechten sehen. Schließlich war eine Familie dazu da, dass man sich gegenseitig half. Und er wollte unbedingt mit dem Pflegedienst im Krankenhaus darüber reden, was nun alles auf seine Eltern zukam und welche Unterstützung sie im Alltag kriegen könnten. Aber erst einmal musste er zusehen, dass Mina und Ben irgendwo unterkommen konnten. Schließlich hatte Mina Schule, schrieb sogar übermorgen einen Test in Mathe, und Ben wollte mit Sicherheit in den Kindergarten. Er durfte bisher keins der Adventspäckchen auspacken und rechnete jeden Tag fest damit, diesmal endlich an der Reihe zu sein. Doch wohin könnte er Mina und Ben geben? Wer könnte sich ein, zwei Tage um die beiden kümmern? Svea kam ihm sofort in den Sinn. Doch sie kannten sich erst seit Kurzem und noch nicht so gut, dass er sie mit seinen Problemen behelligen könnte. Ben wollte mit Sicherheit bei Mina bleiben, wenn Malte wegfuhr. Somit schied auch die Möglichkeit aus, die beiden jeweils bei ihren Freunden unterzubringen. Blieb also noch Cornelia. Würde sie sich bereit erklären, auf die beiden ein Auge zu haben? Immerhin hatte Malte ihr nicht nur das Wasserrohr repariert, sondern auch die Winterreifen auf ihr Auto gezogen, im Herbst die Dachrinnen gesäubert und Holz für ihren Kamin gehackt. Und es wäre wirklich praktisch. Die Kinder wären in der Nähe ihrer gewohnten Umgebung, Mina hätte denselben Schulweg wie sonst auch, und Bens Kindergarten lag auf dem Weg zu Cornelias Arbeitsstelle.

Entschlossen ging Malte die Treppe hinunter, zur Haustür hinaus und klingelte nebenan bei Cornelia Messmer an der Tür.

»Niemals, in meinem ganzen Leben nicht!« Mina stampfte wütend mit dem Fuß auf.

»Doch, Mina, es geht nicht anders. Du gehst morgen nach der Schule zu Cornelia. Ben wird von Lasses Mama nach dem Spielen dorthin gebracht. Cornelia kann zum Glück ein paar Überstunden abbauen und früher nach

Hause, damit sie auch da ist, wenn ihr kommt. Ihr werdet bei ihr übernachten und von dort aus am nächsten Morgen zur Schule beziehungsweise in den Kindergarten gehen. Vielleicht bin ich dann abends auch schon wieder da, ansonsten schlaft ihr noch eine Nacht bei Cornelia.«
Malte sah seine Tochter streng an. Warum nur wehrte sie sich so heftig gegen Cornelia? Ja, Cornelia war sicherlich nicht immer ganz kindgerecht auf Ben und Mina zugegangen, aber sie war immerhin so nett gewesen, die beiden bei sich aufzunehmen. Und es sollte ja auch nicht für immer sein, sondern nur für eine Nacht.

»Wir können doch auch hier bleiben. Ich pass auf Ben auf. Ich bin schon groß, das kriege ich hin. Dann muss Cornelia Ben nur morgens zum Kindergarten bringen, damit ich nicht zu spät zur Schule komme.« Mina reckte sich noch ein bisschen mehr in die Höhe, wie um zu zeigen, dass sie wirklich schon ein großes Mädchen war.

»Nein. Ich möchte nicht, dass ihr beiden hier nachts alleine seid. Und jetzt geh hoch und pack deine Tasche, damit ich sie morgen früh bei Cornelia abgeben kann, bevor ich fahre.«

Mina stapfte so laut sie konnte die Treppe hinauf, nicht ohne »Du bist so gemein!« und »Das ist so ungerecht!« zu grummeln, und knallte ihre Zimmertür geräuschvoll ins Schloss.

Auch Ben war nicht sonderlich begeistert von der Aussicht, die nächsten Tage bei Cornelia zu verbringen, allerdings ging er es pragmatischer als Mina an. Die Vorstellung, dass es bei Cornelia, die ja bekanntermaßen keine Ahnung von Kindern hatte, erlaubt sei, abends Schokoladencreme statt Käse oder Wurst auf dem Brot zu essen und vielleicht sogar auch fernsehen zu dürfen, ließ seinen anfänglichen Protest schnell verstummen.

Es roch, wie sollte es auch anders in einem Krankenhaus sein, nach Desinfektionsmittel. Und ein bisschen auch nach Blumenkohl. Malte ging mit großen Schritten den langen Flur entlang. Seine Mutter lag in Zimmer 117, das sich ganz am Ende des Flurs befand. Es war ein seltsames Gefühl für Malte, ohne seine Kinder seine Eltern zu besuchen. Seit Minas Geburt hatte er Erna und Walther nicht mehr ohne Kinder gesehen. Und seine Eltern nun im Krankenhaus zu wissen, hilflos und angeschlagen, zeigte ihm deutlich, dass sie älter wurden. Sie waren zwar wirklich noch agil, aber sie waren eben auch keine Jungspunde mehr, wie sein Vater sagen würde. Sein Vater war seit einem Jahr im Ruhestand, seine Mutter würde in zwei Jahren folgen. Schon lange verzweifelte Malte am Telefon, wenn seine Mutter ihm versuchte, irgendwelche Probleme mit dem Computer zu schildern. Und sein Vater, eigentlich ein technisch versierter Mensch, hatte ganz klein und hilflos geklungen, als er angerufen hatte, weil sein Auto nicht mehr ansprang. Malte hatte die Werkstatt seiner Eltern verständigt, die das Problem schnell gefunden und behoben hatten. Lediglich die Batterie hatte versagt. Diese kleinen Episoden zeigten Malte aber, dass er früher oder später mit seinen Eltern reden musste. Wie lange wollten und konnten sie noch in ihrem Haus auf dem Festland leben? Alleine. Wäre es für sie vorstellbar, zu Malte und den Kindern nach Sylt zu ziehen? Oder müsste Malte mit Mina und Ben aufs Festland kommen? Eine schreckliche Vorstellung, denn auch wenn das Leben auf Sylt unglaublich teuer war, er liebte die Insel, war ihr mit Haut und Haaren verfallen. Nur noch zum Arbeiten hierherzukommen erschien ihm als falsch. All das würde er mit seinen Eltern besprechen müssen. Doch nicht an diesem Tag. Jetzt ging es erst einmal darum, seine Mutter wieder gesund werden zu lassen, und das möglichst schnell. Und es ging um Weihnachten. Das konnten die beiden ja unmöglich alleine im Krankenhaus feiern wollen.

Er klopfte vorsichtig an die Tür des Zimmers 117. Die tiefe, kräftige Stimme seines Vaters bat ihn herein. Seine Mutter lag zugedeckt im Bett, das Kopfteil so hochgestellt, dass sie bequem trinken und essen konnte. Ihr eingegipstes Bein lag in einer Schlaufe, die von einem Träger am Bett herabbaumelte. Sein Vater saß in einem Stuhl direkt neben seiner Frau. Der Fernseher gegenüber dem Bett war eingeschaltet und zeigte Bilder einer Kochsendung.

»Malte, wie schön, dich zu sehen.« Erna Neubauer lächelte ihren Sohn matt an. »Und jetzt guck nicht so sorgenvoll. Ich bin okay.« Sie war noch etwas blass im Gesicht, und ihre Stimme klang leise und angestrengt, aber ihre Augen blickten ihn erstaunlich wach an.

»Wie ist die Operation gelaufen?«, fragte Malte seinen Vater.

»Es ist alles gutgegangen. Die Ärzte waren sehr zufrieden. Und auch der Sozialdienst vom Krankenhaus war schon hier und hat mit uns gesprochen. Wenn alles so läuft, wie die Ärzte sich das wünschen, wird deine Mutter noch ein paar Tage hierbleiben müssen, und dann kommt sie direkt in die Reha, weil der Bruch so kompliziert ist.« Walther Neubauer blickte bei diesen Worten seine Frau liebevoll an. »Ich werde versuchen, mir in der Nähe des Reha-Zentrums eine Ferienwohnung oder ein Hotelzimmer zu mieten, um bei deiner Mutter sein zu können.«

In diesem Moment beneidete Malte seine Eltern um ihr Glück. Sie waren auch nach vierzig Jahren Ehe immer noch verliebt und sehr glücklich miteinander. Ging es einem von beiden nicht gut, war der andere für ihn da. Sorgen, Probleme und schmerzhafte Momente hatten sie immer Seite an Seite durchgestanden. Wie gerne würde Malte ihrem Vorbild nacheifern.

»Wie soll das denn werden, Papa? Willst du nicht doch mit zu mir und den Kindern nach Sylt kommen?«

»Ach, papperlapapp!«, rief Walther Neubauer bestimmt aus. »Ich werde in der Zeit, in der deine Mutter weg ist, vielleicht nicht der am besten angezogene Mann sein, die Wohnung wird nicht strahlen und glänzen, und vermutlich wird meine Ernährung auch nicht so schmackhaft und abwechslungsreich sein, wie wenn deine Mutter kocht, aber ich bin durchaus in der Lage, mir ein Essen zu machen. Ich bin keine hundert Jahre alt.«

Ein Lächeln huschte über Maltes Lippen. Sein Vater hatte ja recht. Trotzdem hasste er es, seinen Eltern nicht helfen zu dürfen.

»Was ist mit Weihnachten? In ein paar Tagen ist es soweit. Sollen die Kinder und ich zu euch ins Krankenhaus kommen? Oder wirst du schon in der Reha sein, Mama?«, fragte Malte.

Statt seiner Mutter antwortete Walther Neubauer. »Mach dir keine Gedanken. Wir werden entweder hier feiern oder in der Reha. Wir lassen das auf uns zukommen. Bleib du ruhig mit den Kindern auf Sylt.«

»Sie haben ein schönes Weihnachtsfest mit Lichtern, Plätzchen, Krippenspiel und Kaminfeuer verdient«, stimmte auch Maltes Mutter ein. »Ein Krankenhaus oder ein Reha-Zentrum ist kein Ort, an dem man mit Kindern Weihnachten feiern sollte.«

»Wir können euch doch zu uns holen, wenn du eine Autofahrt durchhältst.« Malte wollte noch nicht aufgeben.

»Nein. Das Wichtigste an Weihnachten ist doch, dass man nicht alleine ist. Und wir haben uns. Du hast die Kinder, und es ist deine Aufgabe, ihnen mit einem wunderschönen Weihnachtsfest ein Glitzern in die Augen zu zaubern. Wir werden euch per Videoanruf sehen und uns mit euch freuen. Und wenn es mir wieder besser geht, kommst du mit den Kindern vorbei.« Erna Neubauer sah ihren Sohn fest an.

Ihr Mann Walther nickte. Malte seufzte.

»Wie geht's denn eigentlich Ben und Mina?«, wechselte seine Mutter das Thema.

»Die beiden sind sauer auf mich, weil sie nicht mit zu euch kommen durften und stattdessen bei Cornelia Messmer, unserer Nachbarin, bleiben sollen, aber sonst geht es ihnen sehr gut.« Malte fragte sich, ob seine Kinder wirklich immer noch wütend auf ihn waren oder ob sich der Ärger mittlerweile etwas gelegt hatte. Er nahm sich vor, wenn er wieder in Westerland war, mit den beiden zu reden. Es ging nicht an, dass sie sich so gegen Cornelia sträubten. Schließlich hatte sie ihnen nichts getan. Ganz im Gegenteil. Sie mühte sich wirklich; sie war sogar mit Mina einkaufen gewesen. Doch seit Svea in ihr Leben gekommen war, waren die Kinder Cornelia gegenüber regelrecht bockig. Vor allem Mina. Das konnte so nicht weitergehen. Er musste ihr erklären, dass sie Svea gar nicht kannten, dass sie wahrscheinlich eine eigene Familie hatte und dass Bolle außerdem einen großen Anteil an der Faszination hatte, die Svea auf seine Kinder ausübte.

»Warum sind sie sauer auf dich?«

»Vorgeblich, weil sie nicht zu Cornelia wollten. Doch ich denke, das ist nur eine Ausrede. Mina ist im Augenblick ein bisschen schwierig, das ist sogar ihrer Lehrerin schon aufgefallen. Sie vermissen Helena so sehr. Egal, worum es geht: Schokocreme zum Abendbrot, Aufgabenverteilung im Haushalt oder das leidige Thema, dass die beiden unbedingt einen Hund haben wollen, immer habe ich das Gefühl, dass ich ihnen Helena niemals ersetzen kann.«

Erna Neubauer lächelte. »Ach, mein Lieber, ich verstehe dich so gut, aber ich kann auch die Kinder verstehen. Vielleicht solltest du nachgeben und ihnen einen Hund zu Weihnachten schenken.«

»Mama, es ist doch nicht so, dass ich Hunde nicht mag. Ich weiß nur, dass Ben und Mina zu jung für einen Hund sind und alle Arbeit am Ende an mir hängen bleibt. Sie haben sich außerdem gerade schon Ersatz gesucht. Wir haben jemanden kennengelernt. Eine Tierärztin aus Sylt. Svea Sander heißt sie. Sie hat einen kleinen Hund – Bolle. Mina und Ben haben Svea und Bolle schon häufiger beim Spazieren begleitet.« Bei dem Gedanken an Svea musste Malte unwillkürlich lächeln. Vor seinem inneren Auge sah er sie, das Haar vom Wind ganz zerzaust, die Wangen von der Kälte gerötet, wie sie mit beiden Zeigefingern im Mund nach Bolle pfiff. Doch dann schob sich Cornelia vor dieses Bild.

»Oh, eine Frau in deinem Leben?«, fragte Erna und sah ihren Sohn lächelnd an.

»Nein, Mama. Da ist nichts. Wir kennen sie erst seit Kurzem.« Malte behagte das Gespräch nicht, und er versuchte abzulenken. »Papa, lass uns doch noch mal zum Sozialdienst hier im Krankenhaus gehen und bereden, wie es mit dir und Mama weitergeht. Ich würde gerne persönlich mit ihnen sprechen und sehen, ob ich euch auch noch irgendwie unterstützen kann.«

Sein Vater stand auf, gab seiner Frau einen Kuss auf die Wange und verließ mit seinem Sohn das Zimmer. Vater und Sohn sahen nicht, dass Erna Neubauer in ihrem Bett lag und lächelte.

Mina und Ben saßen in Cornelias Esszimmer am Tisch. Ben spielte mit seiner Gabel im Rührei herum, so dass ein paar Bröckchen auf die Tischdecke fielen. Cornelia griff nach seiner Hand und hielt sie fest. »Ben, bitte! Mit dem Essen spielt man nicht.«

Ben entzog ihr seine Hand und nahm nun eine ordentliche Gabel voll Ei, die er manierlich in den Mund steckte.

Mina betrachtete das Ei auf ihrem Teller mit Missfallen.

»Was ist denn, Mina? Schmeckt es dir nicht?«

Mina presste die Lippen aufeinander und schüttelte den Kopf. »Es schmeckt nach Seife«, presste sie hervor.

Cornelia zuckte mit den Achseln. Sie stand auf und griff nach Minas Teller. »Ich nehme an, du isst nichts mehr?«, fragte sie.

Unvermittelt sah Mina hoch und riss die Augen auf, als hätte ihr jemand etwas wirklich Schreckliches angetan. »Ich habe aber Hunger«, sagte sie.

»Dann iss das Rührei auf. Möchtest du eine Scheibe Brot dazu?«

Widerwillig schüttelte Mina den Kopf.

»Wie du willst.« Cornelia nahm eine Frauenzeitschrift von der Anrichte, setzte sich zurück an den Esstisch und begann, in der Zeitschrift zu blättern.

Mina schaute zu Ben und versuchte, unter dem Tisch mit ihrem Fuß an sein Bein zu stoßen. Ihr Bruder sah sie fragend an, und Mina verdrehte die Augen. Er musste sich wirklich nicht so bei Cornelia einschleimen.

Es war schon ziemlich spät gewesen. Mina hatte einfach nicht einschlafen können. Es tat ihr zwar unheimlich leid, dass Oma Erna krank geworden war, aber sie verstand einfach nicht, warum der Vater sie und Ben nicht mit ins Krankenhaus nahm. Mina war sich ganz sicher, dass sich Oma Erna über den Besuch gefreut hätte. Sie freute sich schließlich immer, wenn Ben und Mina sie besuchen kamen. Es wäre auch nicht schlimm gewesen, wenn sie einen Tag lang nicht in der Schule gewesen wäre. Zwar wollte Frau Heimlein eine Mathearbeit schreiben, aber Mina stand in diesem Unterrichtsfach auf einer guten Zwei, und wenn sie sich noch ein bisschen mehr anstrengte, dann würde sie im Zeugnis sogar auf eine Eins kommen können. Das hatte Frau Heimlein auch gesagt. Aber Papa Malte hatte einfach kein Einsehen gehabt. Und statt sie und Ben dann wenigstens zu Svea zu geben, mussten sie zu Cornelia. Dabei hatte Cornelia nicht einmal einen kleinen Hund! Und jetzt saß sie hier und musste Rührei essen, das nach Seife schmeckte. Und Ben war ihr auch keine Hilfe. Er spachtelte sogar eine zweite Portion in sich hinein und strahlte Cornelia mit seinen blauen Augen unschuldig an.

Mina reichte es. Sie legte den Löffel hin und erhob sich. Cornelia ließ die Zeitung sinken. »Was ist jetzt?«

»Ich gehe ins Bett, ich bin müde«, sagte Mina und wollte sich auf den Weg ins Badezimmer machen.

»Halt, Fräulein. Du musst nicht aufessen, und es ist mir sogar egal, ob du hungrig zu Bett gehst. Aber solange Ben noch isst, bleibst du am Tisch sitzen.«

Mina zögerte. Zu Hause hätte sie es nicht einmal gewagt aufzustehen. Sie wusste genau, wie sehr ihr Vater es hasste, wenn jemand vom Tisch aufstand, an dem andere noch aßen. Und dann noch nicht einmal ohne Entschuldigung!

»Bei Papa dürfen wir das!«, presste sie bockig hervor, und in diesem Augenblick war es ihr ganz gleichgültig, ob Cornelia ihrem Vater von ihrer Aktion erzählen würde.

Gelassen blätterte Cornelia eine Seite in ihrer Zeitschrift um. »Kann sein, dass du das zu Hause darfst. Vorstellen kann ich es mir allerdings nicht. Wie auch immer: Bei mir bleibst du sitzen.«

Mina wäre am liebsten voller Empörung aus Cornelias Haus gestürzt und nach drüben in ihr eigenes gelaufen, doch das wagte sie nicht. Also setzte sie sich wieder hin, verschränkte die Arme vor der Brust und schob die Unterlippe vor. Doch Cornelia beachtete sie überhaupt nicht.

Nach dem Abendessen fragte Cornelia, ob sie noch ein wenig fernsehen wollten. Ben stimmte begeistert zu, obgleich sie das zu Hause nie durften. Fernsehen gab es nur am Wochenende und wenn man krank war. Cornelia fragte, was sie denn schauen wollten, und Ben erklärte auf der Stelle, dass es nur einen einzigen Sender gebe, den man schauen könne, und das sei KIKA. Und dann hatten sie irgendeinen Babykram geschaut, und Mina hatte sich gelangweilt, und sie hatte außerdem ein schlechtes Gewissen, das sie noch übellauniger werden ließ.

Schließlich verlor Cornelia die Geduld. Als sie Mina aufforderte, sich zu waschen, ging Mina auch brav ins Badezimmer, doch als sie nach einer halben Stunde noch immer nicht vom Zähneputzen, Haarebürsten und Gesichtwaschen zurückkam, klopfte Cornelia an die Tür und riss sie im selben Augenblick auf. Und da stand Mina und war im Begriff, sich die teure Augencreme von Cornelia auf die Hände zu schmieren. Cornelia hatte sie angesehen, dann hatte sie geflüstert: »Leg sofort die Creme weg.« Dann hatte Cornelia ganz laut von eins bis zehn gezählt und Mina mit nur einer einzigen Handbewegung ins Bett gescheucht.

Und nun lag sie da, fühlte sich ganz furchtbar schlecht und wütete im Stillen gegen Cornelia. Irgendwann hielt sie es allein nicht mehr aus. Sie stand auf, begab sich auf die andere Seite des Gästezimmers, auf der Ben in seinem Kinderreisebett schlief, und rüttelte ihn am Arm.

»Ben, wach auf!«, flüsterte sie.

Ihr Bruder gab ein unwilliges Knurren von sich und wollte sich auf die andere Seite drehen, doch Mina riss nun regelrecht an seinem Arm.

Endlich erwachte der Kleine, setzte sich auf und rieb sich mit beiden Fäusten die müden Augen. »Was ist denn los?«

»Cornelia ist so gemein zu uns«, teilte Mina ihrem schlaftrunkenen Bruder mit.

»Wieso?«, wollte der Kleine wissen. »Sie hat uns doch mitten in der Woche KIKA sehen lassen.«

Mina verdrehte die Augen. »Aber sie hat gemeckert. Das war total ungerecht. Ich hatte gar nichts gemacht. Ich wollte bloß das doofe Rührei nicht essen. Papa hätte deshalb niemals mit mir geschimpft. Und dann ist sie noch wütend geworden, weil ich ihre Creme benutzt habe. Papas Creme dürfen wir auch benutzen.«

Ben nickte und wollte sich wieder hinlegen, doch Mina hielt ihn fest. »Du darfst jetzt nicht einschlafen. Wir müssen weg von hier.«

»Warum denn?«, wollte Ben wissen. »Wir schlafen noch schnell hier, und wenn wir aufgewacht sind, gehen wir in die Schule und in den Kindergarten, und dann kommt schon Papa wieder.«

Mina hatte keine Ahnung, wie sie ihren Bruder überreden könnte, denn eigentlich war es ja so, dass sie befürchtete, von ihrem Vater gehörigen Ärger zu bekommen, wenn er erfuhr, wie sie sich hier bei Cornelia aufgeführt hatte. Wenn er sie aber suchen müsste, weil sie weggelaufen waren, dann wäre er bestimmt so überglücklich über ihr Wiederauftauchen, dass er sie sicher nicht bestrafte. Aber wie sollte sie das Ben erklären?

»Willst du nicht mal ein Abenteuer erleben?«, drängte sie ihn. »So wie in den Filmen vom KIKA?«

Ben zögerte, und Mina sah, dass er zwar einerseits liebend gern weitergeschlafen hätte, andererseits aber auch nicht auf ein Abenteuer verzichten wollte.

»Was wollen wir denn machen?«, fragte er.

»Wir rennen zu Svea. Den Weg dorthin kennen wir. Sie wird uns bestimmt bei sich wohnen lassen!« Mina machte ein entschlossenes Gesicht und nickte nachdrücklich.

»Aber wir können doch jetzt nicht einfach so gehen. Das wird Cornelia bestimmt nicht erlauben.«

»Natürlich nicht!« Mina sah ihren Bruder beinahe tadelnd an. »Wir warten, bis Cornelia ins Bett geht, und dann schleichen wir uns weg.«

Ben verschränkte die Arme vor der Brust. »Aber ich will nicht.«

»Willst du vielleicht, dass ich morgen von Cornelia den größten Ärger meines Lebens bekomme? Du hast doch gehört, was sie zu mir gesagt hat.«

Ben schüttelte den Kopf. »Was hat sie denn gesagt?«

»Fräulein, wir reden morgen weiter. Und das klang ganz und gar nicht freundlich.«

Ben blies die Backen auf. Seine Blicke irrten hin und her. Mina konnte ihm regelrecht beim Denken zusehen.

»Ich will nicht, dass du Ärger bekommst«, sagte er schließlich und hob die Bettdecke, um in seinem Bett für Mia Platz zu machen.

»Ben, ich glaube, es ist so weit. Sie ist endlich ins Bett gegangen.« Leise standen die beiden Kinder auf und zogen sich an. Ihre Taschen hatten sie direkt gepackt, nachdem sie ihren Fluchtplan gefasst hatten. Sie hatten gehört, wie Cornelia unten aufgeräumt hatte, und hatten schnell alles Wichtige zusammengesucht.

Vorsichtig öffnete Mina die Tür und trat in den Flur. Es war stockfinster. Sie hatte sich genau eingeprägt, wo im Flur die Kommode stand, damit sie jetzt nicht dagegenlief und Cornelia womöglich aus dem Schlaf riss. Vorsichtig zog sie Ben hinter sich her, die Treppe hinunter. Jetzt mussten sie nur noch so leise wie möglich ihre Schuhe und Jacken anziehen und dann so schnell sie ihre Beine trugen weglaufen.

Tatsächlich, sie schafften es, die Haustür beinahe ohne ein Geräusch zu öffnen, und stolperten in die Nacht hinaus. Bisher waren sie den Weg zu Svea immer nur im Tageslicht gegangen, doch Mina war sich sicher, wo sie langmussten.

Zehn Minuten später klingelten sie bei Svea. Es dauerte ein paar Sekunden, bevor sie Bolle bellen hörten und sich Schritte näherten.

Die Tür wurde geöffnet.

»Was macht ihr denn hier?« Svea riss erschrocken die Augen auf. Offensichtlich hatte sie soeben ins Bett gehen wollen, sie war abgeschminkt, und die Haare fielen ihr offen ins Gesicht. Am Mundwinkel klebte ein Fleck frischer Zahnpasta.

»Papa ist bei Oma und Opa, und wir sollten bei Cornelia bleiben. Aber da haben wir es nicht mehr ausgehalten.

Dürfen wir bitte bei dir bleiben?« Mina sah mit flehendem Blick zu Svea.

»Wissen Malte oder Cornelia, dass ihr zu mir gekommen seid?«

»Nein. Wir haben uns leise rausgeschlichen, als Cornelia ins Bett gegangen ist«, antwortete Ben, sichtlich stolz.

Svea seufzte. »Also gut. Ihr könnt um die Uhrzeit ja nicht weiter draußen rumlaufen oder hier rumstehen. Kommt rein! Ich rufe euren Vater an. Aber vorher erzählt ihr mir noch ganz genau, was passiert ist.«

Schnell wie ein Blitz schlüpften Ben und Mina an Svea vorbei und gingen ins Wohnzimmer. Mina diktierte Svea die Telefonnummer von Malte. Ihr Vater war extrem überrascht, zu so später Stunde einen Anruf von Svea zu erhalten, und noch überraschter, zu erfahren, dass seine beiden Kinder bei Cornelia ausgebüxt und nachts alleine zu Svea gelaufen waren.

Doch Svea konnte ihn beruhigen. »Du brauchst dir keine Sorgen zu machen, Malte. Heute Nacht können sie bei mir übernachten. Ich bringe sie morgen zur Schule und zum Kindergarten und hole sie auch wieder ab, wenn es dir recht ist. Mina hat ja ihren Haustürschlüssel dabei, dann fahre ich mit ihnen nach Hause und bleibe so lange, bis du wieder da bist.«

»Oh, es tut mir schrecklich leid, dir solche Umstände zu machen. Ich weiß wirklich nicht, was in die beiden gefahren ist.« Malte war das Ganze schrecklich peinlich. Er fragte sich, was diesmal schiefgelaufen war und warum seine beiden sonst so braven Kinder einfach nachts davongelaufen waren.

»Das ist wirklich kein Problem. Kümmere du dich um deine Eltern, ich kümmere mich um die beiden kleinen Ausreißer.«

»Danke. Du hast wirklich etwas gut bei mir!« Dann legte er auf, nur um kurz darauf die Nummer von Cornelia zu wählen.

9. Kapitel

Am nächsten Morgen war die Stimmung getrübt. Ben und Mina hatten nur wenig geschlafen. Das schlechte Gewissen hatte sie wachgehalten.

»Warum seid ihr beiden überhaupt weggelaufen?«, wollte Svea wissen und nahm einen Schluck aus ihrer Kaffeetasse.

»Cornelia war gemein!«, rief Ben aus. »Mina, erzähl Svea, was passiert ist.«

Mina schüttelte den Kopf und wagte es nicht, Svea in die Augen zu sehen. »Vielleicht war es ja gar nicht so schlimm«, flüsterte sie.

Svea setzte sich hin und zog Mina zu sich heran. Sie strich ihr eine Strähne des dunkelbraunen Haares aus der Stirn und fragte sanft: »Was ist passiert, Mina?«

Plötzlich brach Mina in Tränen aus und erzählte Svea alles, was sie auf dem Herzen hatte. Sie sprach vom Rührei, von der Creme und natürlich auch von ihrer Angst, dass Malte mit Cornelia in den Urlaub fahren könnte. Svea nahm sie in den Arm, wiegte sie hin und her und strich ihr dabei zärtlich über den Rücken. Eine ganze Weile standen sie so, dann kam Ben hinzu, schlüpfte in Sveas anderen Arm und wurde auch gestreichelt.

Irgendwann ließ Svea die beiden los. »Und was machen wir jetzt?«, fragte sie.

Mina rieb sich die Augen, dann zuckte sie mit den Schultern. »Du schimpfst ja gar nicht«, brachte sie erstaunt hervor.

»Ich muss nicht mit euch schimpfen. Ihr wisst selbst, was ihr falsch gemacht habt. Und ihr wisst wohl auch, dass sich Cornelia und Malte große Sorgen gemacht haben. Wir müssen jetzt darüber nachdenken, wie es weitergehen soll. Was schlagt ihr vor?«

Mina schwieg, starrte schuldbewusst in ihre Müslischale und spielte mit dem Inhalt der Schüssel. Sie schämte sich so unendlich. Sie hätte Svea gern öfter gesehen, wäre gern noch häufiger mit Bolle spazieren gegangen, doch jetzt hatte sie wohl alles verdorben. Jetzt hatte Svea erkannt, dass sie kein freundliches Mädchen war, sondern eines, das gemein sein konnte und Ärger machte.

Das Müsli war in der Milch schon ganz weich geworden und pappte an ihrem Löffel, den sie über der Schale balancierte und ihn schließlich umdrehte, so dass der Inhalt ihres Löffels mit einem Platsch wieder in der Schüssel landete. Die Milch spritzte über den Tisch und bekleckerte ihren Pulli.

»Ihr werdet euch bei Cornelia entschuldigen müssen«, erklärte Svea bestimmt.

»Was?« Ben riss erschrocken seine Augen auf. Er hasste

es, sich zu entschuldigen, selbst wenn er ganz genau wusste, dass er etwas falsch gemacht hatte. Nun jedoch fand er, dass die Erwachsenen ein wenig übertrieben. Sie hatten doch den Weg zu Svea gefunden, es war nichts passiert, und Cornelia war bestimmt froh, wenn sie nicht mehr bei ihr waren.

»Ja. Das werdet ihr. Gleich nach der Schule gehen wir gemeinsam rüber, und ihr entschuldigt euch. Keine Widerrede! Und jetzt esst schnell auf, ihr müsst los.« Svea stand auf und begann, die Frühstückssachen vom Esstisch zu räumen und in die Küche zu tragen.

»Bitte entschuldige, dass wir so einfach abgehauen sind. Wir haben nicht bedacht, dass du dir Sorgen um uns machen könntest.« Mina gab sich Mühe, schuldbewusst dreinzublicken und sich an all die Argumente zu erinnern, die Svea und ihr Vater gebraucht hatten, um zu verdeutlichen, dass ihre nächtliche Ausreißaktion keine gute Idee gewesen war.

»Ja, es tut uns sehr leid«, bestätigte auch Ben. Er hielt Maltes Hand ganz fest und blickte Cornelia an, in der Hoffnung, seine Entschuldigung wäre ausreichend gewesen.

Malte hatte seine Kinder bei sich zu Hause in Empfang genommen, als sie mit Svea von der Schule und dem Kindergarten kamen. Er hatte sich hundertmal bei Svea entschuldigt und sich bei ihr bedankt, dass sie sich um seine Kinder gekümmert hatte.

»Es tut mir so leid, ich weiß gar nicht, wie ich das wiedergutmachen soll«, bekannte er. »Ich hoffe nur, wir haben dir nicht zu viel Zeit gestohlen. Du hattest doch bestimmt etwas anderes vor.« Dabei blickte er Mina und Ben an und schüttelte den Kopf. »Ich habe auch keine Ahnung, was mit den beiden los ist. Wir werden wohl darüber reden müssen. Wie gesagt, ich hoffe, du hast nichts absagen müssen.«

Svea lächelte. Sie strich Ben über den Kopf und Mina über die Schulter. »Das war nicht so wichtig. Ich bin gern mit deinen Kindern zusammen.« Sie seufzte, und Malte hatte das Gefühl, dass sie gern noch mehr sagen würde. Doch dann schlang sie ihren Schal um den Hals. »Jetzt muss ich wirklich los.« Sie winkte den Kindern zu, lächelte Malte kurz an und stieg dann in ihren Jeep.

Die Entschuldigung hatten sie über die Lippen gebracht, doch wie nahm Cornelia das Ganze auf? Malte war gespannt auf ihre Reaktion.

»Tja, bei mir hat es euch eben nicht gefallen«, gab Cornelia leicht schnippisch zurück. An Malte gewandt sagte sie: »Und in Zukunft falle ich als Babysitter aus. Svea kann das ja jetzt übernehmen. Macht sie bestimmt gerne.«

Malte duckte sich unter ihren Worten. »Ja, du hast recht. Das war eine blöde Idee. Und es tut mir leid, dass du solchen Ärger mit den Kindern hattest.« Er blickte Cornelia zerknirscht an, und Mina sah, dass sich um Cornelias Mund ein kleines Lächeln schlich. Dann holte Malte auch noch hinter seinem Rücken einen großen Strauß

Blumen hervor. Rosen! Na gut, es waren keine roten Rosen, aber immerhin lachsfarbene.

Mina beobachtete genau, wie Cornelia reagierte. Sie lächelte, aber Mina hatte den Eindruck, dass ihr Lächeln weniger herzlich war als sonst.

Doch dann trat Malte einen Schritt auf Cornelia zu, nahm sie in den Arm und gab ihr einen Kuss auf die Wange. »Ich werde alles wiedergutmachen«, versprach er, und Cornelias Miene entspannte sich.

Eine halbe Stunde später saßen Ben, Mina und Malte auf dem Teppich im Wohnzimmer und blickten aus den großen Fenstern in den Garten. Sie hatten alle einen Kakao in der Hand, der noch heiß aus den Tassen dampfte. Eine friedliche Ruhe bereitete sich zwischen ihnen aus. Vergessen war der Ärger über Minas und Bens nächtlichen Ausflug und das Unbehagen, das Malte Cornelia und Svea deswegen gegenüber verspürte.

»Und deshalb werden wir Weihnachten alleine hier bleiben.« Malte hatte seinen Kindern soeben von seinem Besuch bei Oma Erna und Opa Walther berichtet. Seine Eltern würden das Weihnachtsfest in der Lüneburger Heide verbringen, wo Erna einen Platz in einem Reha-Zentrum bekommen hatte und Walther eine günstige Ferienwohnung direkt in der Nähe beziehen konnte.

Mina rutschte unruhig auf ihrem Stuhl hin und her. »Dann fährst du gar nicht mit Cornelia in den Urlaub?«, fragte sie mit weit aufgerissenen Augen.

»Nein. Wie kommst du denn darauf?«

Mina blickte auf die Tischplatte. Ihr Finger malte irgendwelche Zeichen auf das Holz. »Ich dachte, na ja, der Prospekt …«

»Raus mit der Sprache«, verlangte Malte und hielt ihre unruhige Hand fest.

Langsam hob Mina den Blick.

»Du dachtest, ich würde mit Cornelia in den Urlaub fahren und euch hier alleine lassen?«

»Nein, nicht alleine«, widersprach Mina. »Ich habe geglaubt, dass du Ben und mich bei Oma und Opa lässt.«

Mina senkte wieder den Blick. Sie fühlte sich ganz schlecht. Cornelia hatte sie gestern gefragt, ob sie ihrem Vater denn nicht das kleinste Vergnügen gönnte. Und Mina wusste jetzt nicht, ob sie und Ben wirklich so egoistisch waren, wie es in Cornelias Frage geklungen hatte. Eigentlich wusste sie gar nichts mehr. Sie hatte nur Angst. Eine dumpfe schwere Last lag auf ihren Schultern.

Plötzlich stand Malte auf und nahm seine Tochter in den Arm. Mina begann zu weinen. Sie war so erleichtert, dass ihr die Tränen nur so über die Wangen strömten. Sie klammerte sich an ihren Vater, und als Ben zu ihnen kam, drückte sie ihren kleinen Bruder ganz fest an sich. Es dauerte eine ganze Weile, bis Mina sich beruhigt hatte.

Als ihre Tränen endlich versiegt waren, fragte Malte sie leise: »Kann ich dich jetzt loslassen?«

Mina nickte und wischte sich die Tränen ab.

»Es ist schade, dass wir nicht zu Oma und Opa fahren können«, sagte Ben und probierte vorsichtig einen Schluck von seinem Kakao.

»Ja, sehr schade«, stimmte auch Mina zu. »Aber Oma muss schnell wieder gesund werden. Und wenn es ihr besser geht, besuchen wir sie doch, oder, Papa?«

»Na klar, das machen wir. Aber lasst uns jetzt erst einmal überlegen, wie wir drei Weihnachten eigentlich feiern wollen. Bald ist es soweit, und wir haben noch gar nicht darüber gesprochen.« Malte sah seine Kinder auffordernd an. »Was haltet ihr davon: Jeder von uns hat drei Wünsche an Weihnachten. Egal, ob es dabei ums Essen, den Baumschmuck, die Bescherung oder den Gottesdienst geht.«

»Au ja«, jubelten Ben und Mina.

»Ich fang an«, rief Ben. »Also, ich wünsche mir Pommes und Würstchen zum Essen. Und dass wir gemeinsam den Baum schmücken. Und dass wir zum Krippenspiel in die Kirche gehen. Lasse ist nämlich auch da.«

Malte lächelte seinen Sohn an. »Okay. Das waren deine drei Wünsche. So machen wir es. Wir schmücken vormittags gemeinsam den Baum, gehen nachmittags zum Krippenspiel in die Kirche und abends gibt es Würstchen und Pommes. Darf ich euch meine drei Wünsche sagen?«

Mina und Ben nickten.

»Ich wünsche mir morgens ein gemütliches Frühstück. Dann wünsche ich mir, dass ihr mir beim Aufräumen und Saubermachen helft, so dass es auch schön und gemütlich aussieht. Und ich wünsche mir, dass wir vormittags auch Mama auf dem Friedhof besuchen. Ist das okay für euch?«

Wieder nickten Mina und Ben.

»Nun bist du an der Reihe, Mina.« Malte und Ben blickten sie erwartungsvoll an.

»Mmh, also, ich wünsche mir Schokopudding als Nachtisch. Ich wünsche mir außerdem, dass wir länger aufbleiben dürfen als sonst.« Mina schwieg.

Malte sah, dass es seiner Tochter offensichtlich schwerfiel, den dritten Wunsch laut zu äußern. Aber dann sagte sie es doch: »Ich wünsche mir, dass wir an den Weihnachtsfeiertagen Svea besuchen.«

Malte wiegte den Kopf hin und her. »Ich glaube nicht, dass sich das einrichten lässt. Weihnachten ist das Fest der Familie, und ich bin ziemlich sicher, dass Svea mit ihrer Familie feiern wird.« Er brach ab, blickte nachdenklich aus dem Fenster. »Wir wissen ja nicht einmal, ob sie einen Freund hat.«

Mina schluckte, dann sagte sie: »Sie hat einen Freund. Wir haben ihn gesehen. Er kam aus ihrem Haus und ist in sein großes Auto gestiegen.«

»Und woher wisst ihr, dass es Sveas Freund war?«, wollte Malte wissen.

»Sie hat ihn geküsst«, erklärte Ben und sah nun richtig traurig aus.

»Ja. Geküsst«, bestätigte Mina. »Und dann hat er gerufen: ›Ich liebe dich.‹ Und: ›Wir sehen uns nächste Woche.‹«

Malte holte tief Luft. »Tja«, sagte er leise. »Dann ist das wohl so.« Auf einmal spürte er ein großes Bedauern in sich.

10. Kapitel

Malte hatte Helena auf einer Studentenparty getroffen. Sie hatten beide in Hamburg studiert. Auf einer Party der Sportwissenschaftlichen Fakultät hatten sie sich kennengelernt. Ein irrer Zufall, da sie beide weder Sport studierten noch Freunde hatten, die der Fakultät angehörten. Malte war bereits im vierten Semester seines Architekturstudiums gewesen, Helena im zweiten Semester ihres Anglistikstudiums. Im Gewühl bei der Garderobe hatten sich ihre Blicke getroffen, an der Bar hatten sie sich ein paar Stunden später wiedergesehen, waren ins Gespräch gekommen und hatten sich bis tief in die Nacht unterhalten. Die Party wurde zur Nebensache, ihr Interesse aneinander und die Beziehung, die daraus erfolgte, wurden zur Hauptsache. Nach dem Studium war Malte zurück nach Sylt gegangen, Helena war ihm ein Jahr später gefolgt. Im selben Jahr hatten sie am Strand ihre Hochzeit gefeiert. Und dann waren die Kinder gekommen. Zuerst Mina, drei Jahre später Ben. Sie waren von Herzen glücklich gewesen, und Malte hatte sich nicht vorstellen können, dass dieses Glück zerbrechen könnte.

Malte schüttelte den Gedanken ab. Die Zeit mit Helena war die schönste Zeit seines bisherigen Lebens gewesen, ihr Tod ein unfassbar schmerzhafter Verlust, der ihm, wenn er ihm den Raum gab, noch immer die Luft zum Atmen nahm. Doch er wollte die Trauer nicht sein Leben bestimmen lassen. Alleine schon, um Mina und Ben glücklich zu machen. Sie sollten nicht in einem traurigen Zuhause groß werden, sondern in einem Zuhause, in dem viel gelacht wurde. Das hatte er sich fest vorgenommen, und an den meisten Tagen gelang es ihm auch einigermaßen. Trotzdem war Helenas Platz immer schmerzhaft leer. Es war eine Lücke in ihrer Familie, in ihrem Haus, in ihrem Leben, und die war ganz besonders an Weihnachten spürbar.

Malte seufzte und stand auf. Das Weihnachtsfest mit seinen Kindern sollte in diesem Jahr besonders schön werden, auch oder gerade weil Oma Erna und Opa Walther nicht dabei sein konnten.

Doch damit das Fest auch wirklich schön wurde, musste Malte noch etliches erledigen. Im Geiste ging er seine To-do-Liste durch: Holz nachlegen und den Tisch decken. Pommes und Würstchen, Bienenwachskerzen und Räucherkegel hatte er gestern schon eingekauft, und sogar den Baum hatten sie alle drei gemeinsam gestern Nachmittag schon geschmückt. Malte sah auf seine Armbanduhr. Kurz nach fünfzehn Uhr. Zeit für einen Kaffee, ehe sie gegen siebzehn Uhr zum Gottesdienst gehen würden. Mina und Ben waren oben in Minas Zimmer und bereiteten noch etwas vor. Streng geheim, hatten sie betont. Malte lächelte, als er die Stimmen seiner beiden Kinder von oben herabdringen hörte. Vermutlich malten sie noch ein Bild. Er wollte diesen Moment der Ruhe nutzen. Der Tag war bisher voll gewesen. Ben und Mina waren natürlich schrecklich aufgeregt und waren an diesem Morgen schon um halb sieben wach geworden und hatten auch Malte nicht weiter schlafen lassen. Also hatten sie gefrühstückt, und Ben hatte dabei ununterbrochen vom Weihnachtsmann, seinen Geschenkwünschen und dem bevorstehenden Heiligabend gesprochen.

Anschließend waren sie zum Friedhof gefahren. Sie hatten Helena eine Kerze auf das Grab gestellt, ihr erzählt, was in den letzten Wochen alles so passiert war und was sie heute Abend geplant hatten. Malte hatte eigentlich erwartet, dass Ben und Mina wie sonst auch weinen würden. Doch sie plapperten aufgeregt, erzählten ihrer Mama alles, was ihnen einfiel, und wirkten dabei so gelöst wie noch nie, wenn sie am Grab ihrer Mutter standen. Als sie Helena alles berichtet hatten, was ihnen auf dem Herzen lag, hatte Malte sie weggeschickt. Er hatte unbedingt noch einen Moment mit seiner toten Frau alleine verbringen wollen. Während Mina und Ben die Reihen mit den Gräbern entlang liefen und nach Leuten Ausschau hielten, die an ihren Geburtstagen geboren oder gestorben waren, hatte Malte mit Helena gesprochen. Er vermisste seine Frau an jedem einzelnen Tag. Aber in den letzten Wochen hatte sich eine neue Frau langsam und zaghaft in sein Leben und in sein Herz geschlichen. Er hatte es nicht bemerkt. Erst als Mina und Ben von Sveas Freund gesprochen hatten, hatte er gespürt, dass er für die fröhliche Tierärztin mehr empfand als bloße Freundschaft. Er hatte sie gern um sich, er liebte ihr Lachen, liebte ihre unkomplizierte Art. Ja, er hatte sogar den Eindruck, dass die Sonne heller schien, wenn Svea da war. Aber das Wichtigste für ihn war, dass Svea seine Kinder mochte. Und nicht nur mochte, sondern sie sogar verstand. Mina wurde in Sveas Gegenwart weich und freundlich, sie lachte viel, und Malte war sich ganz sicher, dass Svea die Art Frau war, von der Frau Heimlein geredet hatte.

Malte nahm einen Schluck aus seiner Kaffeetasse. Er freute sich auf den Tag, auf das, was noch vor ihm lag. Es würde ein schönes Fest werden, dessen war er sich sicher, auch wenn Svea mit ihrem Freund feierte. Er sah wieder auf seine Armbanduhr. Er würde sich nun umziehen und die Kinder holen müssen, damit sie rechtzeitig an der Kirche ankamen.

II. Kapitel

Die Kirche war bereits voll, als die drei Neubauers eintrafen. Sie fanden noch einen Platz oben auf der Empore. Mina und Ben stellten sich direkt an das Geländer und schauten nach unten in das Kirchenschiff.

»Da ist Lasse«, meinte Ben und winkte seinem Kindergartenfreund.

Mina entdeckte Lydia und rief ihren Namen, doch das Gemurmel in der Kirche war so groß, dass ihre Freundin sie nicht hörte. Überall rannten Kinder aufgeregt durch die Bankreihen. Ein paar Babys weinten, ein kleiner Junge erhielt eine Strafpredigt, und ein Mädchen schluchzte herzzerreißend, weil ein anderes ihr mit Schokoladenhänden einen Fleck auf ihr Kleid gemacht hatte.

Die Erwachsenen begrüßten Freunde und Bekannte, Nachbarn und Verwandte. Eine Frau lachte perlend und ein Mann hustete, und über all dem lag der Geruch von Parfüm und Kerzenwachs.

Endlich ertönte die Glocke, die Leute eilten auf ihre Plätze, nahmen die Gesangsbücher hervor und lauschten den brausenden Tönen der großen Orgel. Dann kam Pfarrer Wiegand, und in diesem Augenblick entdeckte Mina etwas. Sie zupfte Malte aufgeregt am Ärmel. »Sieh mal dort unten, da ist Cornelia«, raunte sie und beugte sich noch weiter nach vorn. »Und sie ist nicht alleine.«

Malte zog seine Tochter zurück. »Warum soll sie denn nicht in der Kirche sein? Die meisten Leute machen das am Heiligen Abend.«

Mina wandte sich ihrem Vater zu. Ihre großen Augen glänzten, die Wangen zeigten eine leicht aufgeregte Röte. »Aber sie ist mit dem Zahnarzt da. Mit ihrem Chef! Verstehst du nicht?«

Malte schüttelte den Kopf. »Vielleicht haben sie sich hier getroffen?«

»Nein, Dr. Schmidt wohnt in Kampen.«

»Ruhe!«, zischte eine ältere Frau hinter ihnen, und Mina zog den Kopf ein, während Malte sich einen Finger auf den Mund legte.

Wieder brauste die Orgel, und die Gemeinde sang gemeinsam ein Lied. Immer wenn Mina mit vielen anderen Leuten sang, was bei ihr entweder in der Kirche oder in der großen Aula der Schule geschah, spürte sie einen Schauer den Rücken hinabrinnen. So auch heute. Doch als der Pfarrer zu sprechen begann: »Und es begab sich zu einer Zeit, dass ein Gebot von dem Kaiser Augustus ausging, dass alle Welt geschätzt wurde …«, beugte sich Mina bereits wieder über die Empore, um nach Cornelia zu schauen. Schon nach einem kurzen Blick schnellte sie zurück und zupfte Malte am Ärmel. Er beugte sich zu seiner Tochter hinab, und Mina flüsterte ihm aufgeregt ins Ohr: »Cornelia und ihr Doktor Schmidt halten Händchen.«

Sie blickte ihrem Vater geradewegs ins Gesicht, doch er wirkte überhaupt nicht traurig.

»Ich glaube, Dr. Schmidt ist ihr Freund«, legte Mina nach.

»Sie ist eine hübsche Frau. Warum sollte sie keinen Freund haben?«, wollte Malte wissen.

Den Rest des Gottesdienstes hielt Malte die Hand seiner Tochter. Als jedoch die letzten Orgeltöne von »Stille Nacht« verklungen waren, riss sich Mina los, schnappte ihre Jacke und stürzte so schnell die Treppen hinab, dass Malte und Ben kaum hinterherkamen.

Unten, in der Vorhalle der Kirche, trafen sie auf Cornelia und Dr. Schmidt. Und tatsächlich: Mina hatte sich nicht getäuscht, die beiden hielten sich an den Händen.

»Frohe Weihnachten!«, rief Cornelia fröhlich und strich Ben sogar kurz über das Haar.

»Frohe Weihnachten«, wünschte Malte. Er zögerte kurz, dann beugte er sich zu Cornelia und gab ihr einen Kuss auf die Wange. »Wie schön, euch hier zu treffen. Wenn du gestattest, dann komme ich morgen kurz zu dir rüber, ich habe nämlich noch etwas für dich.«

»Für mich?«, fragte Cornelia nach und schmiegte sich an Dr. Schmidt.

»Na ja, du hast uns in letzter Zeit viel geholfen, du warst mit Mina einkaufen, hast die Kinder betreut ...«

An dieser Stelle verstummte Malte, und Cornelia lachte und wandte sich an Dr. Schmidt: »Eigentlich war es so: Ich sollte die Kinder über Nacht hüten, doch sie sind mir davongelaufen, kaum dass ich sie aus den Augen gelassen habe.« Wieder lachte sie, und Mina wunderte sich. War sie ihr denn nicht mehr böse?

Hatte Mina die Worte laut ausgesprochen? Wahrscheinlich, denn Cornelia beugte sich zu ihr herab und hielt ihr eine Hand hin. »Freundinnen?«, fragte sie.

Mina lächelte und nickte, dann nahm sie Cornelias Hand und schüttelte sie.

»Jetzt müssen wir uns auf den Weg machen«, sagte Cornelia. »Wir essen heute Abend in der Sansibar, und ich muss mich noch umziehen.«

Sie nickte Malte zu und schmiegte sich noch einmal an Dr. Schmidt, dann fragte sie: »Sag, Malte, könntest du wohl bei mir die Blumen gießen? Nur für zwei Wochen. Wir fliegen nämlich morgen früh nach Santo Domingo.«

»Wirklich?« Mina, die eigentlich wusste, dass sie sich nicht einmischen sollte, wenn sich Erwachsene unterhielten, strahlte. »Ich gieße die Blumen«, bot sie an. »Und ihr könnt so lange im Urlaub bleiben, wie ihr wollt.«

Als sie zu Hause ankamen, fragte Malte nach: »Du warst so fröhlich und nett zu Cornelia. Das kenne ich gar nicht von dir. Bislang hatte ich eher den Eindruck, dass du Cornelia nicht magst.«

»Ja, aber seit ich weiß, dass sie gar nicht vorhatte, mit

dir nach Santo Domingo zu fliegen, kann ich sie plötzlich viel besser leiden.« Mit einem Mal verdunkelte sich ihr Gesicht.

»Was ist los?«, fragte Malte.

»Komisch. Ich dachte, Dr. Schmidt wäre Sveas Freund. Und nun ist er mit Cornelia zusammen. Bestimmt ist Svea jetzt ganz traurig.«

Sie blickte Malte auffordernd an, doch er schüttelte den Kopf. »Mina, das sind Sachen, die uns nichts angehen. Wir werden uns da bestimmt nicht einmischen.«

»Aber wenn Svea jetzt ganz allein in ihrer Wohnung sitzt und weint?«

Malte seufzte. »Auch dann nicht. Wenn sie unsere Hilfe möchte, wird sie sich ganz bestimmt bei uns melden.«

In den letzten Jahren hatte Svea vor Weihnachten stets Ewigkeiten vor dem Kleiderschrank gestanden, ein Kleidungsstück nach dem anderen angehalten und sich kritisch im Spiegel begutachtet. Das schwarze, enge Kleid war zu aufreizend, die schwarze Hose mit der weißen Bluse zu förmlich, das grüne Pulloverkleid dann doch zu leger, ebenso wie die Jeans mit der dunkelblauen Bluse. In diesem Jahr musste sie sich um solche Sachen keine Gedanken machen. Sie hatte Bereitschaftsdienst, und dafür war sie mit Jeans und dickem Pulli bestens gekleidet.

Das Weihnachtsfest würde dieses Jahr so ganz anders werden als in der Vergangenheit – und vermutlich auch ein weniger einsamer. In den letzten Jahren mit Markus

Schmidt hatte sie den Heiligabend in teuren Restaurants verbracht, in denen die Portionen so klein waren, dass Svea nie davon satt geworden war. Markus hatte wenig Wert auf Gemütlichkeit gelegt, sondern das Exquisite vorgezogen. So hatte Svea meistens ein figurbetontes, wenigstens teuer aussehendes Kleid getragen, war auf hohen Schuhen neben Markus hergetrippelt und war sich verkleidet vorgekommen. Den Nachtisch beziehungsweise den abendlichen Kaffee hatten sie stets auf der großen Weihnachtsfeier von Sveas Familie zu sich genommen. Das war ihr ausgehandelter Kompromiss gewesen. Und auch wenn Svea froh war, wenigstens ab dem späten Abend mit ihrer Familie zusammen zu sein, die erhoffte Gemütlichkeit hatte sich selten eingestellt. Sie hatte einfach nicht zu diesem quirligen Haufen gepasst in ihrem engen Kleid, den hohen Schuhen und mit dem Mann an ihrer Seite, der viel lieber im Wellnessbereich eines teuren Hotels gewesen wäre.

Svea musste plötzlich lächeln. Heute fühlte sie sich wohl in ihrer Haut. Die Trennung von Dr. Markus Schmidt schmerzte trotzdem noch, obwohl sie schon ein halbes Jahr her war. Es hatte sehr lange gedauert, bis er endlich seine letzten Sachen bei ihr abgeholt hatte. Etwas länger als eine Woche war das gerade her, und sie hatte gedacht, es würde ihr weh tun. Doch es war nicht so schlimm gekommen, wie sie befürchtet hatte. Sie blickte zu dem Foto von Markus, das auf dem Sideboard stand. Dann nahm sie es und packte es in eine Schublade.

Sie waren lange zusammen gewesen, ganze fünf Jahre. Und sie hatte geglaubt, dass Markus der Mann ihres Lebens sei. Sie hatten sich gut verstanden. Svea konnte über seine Witze lachen und er über ihre. Am Anfang hatte sie es genossen, an den freien Wochenenden mit Markus die Insel zu verlassen und in Hamburg in ein Musical zu gehen und danach in ein Sternelokal. Auch die Urlaube in den exotischen Ländern hatten ihr gefallen. Sie hatte gern vor Bali getaucht, war gern im Jeep durch die Kalahari gefahren, hatte die Opernaufführungen in Verona geliebt. Aber sie hatte eigentlich immer etwas anderes gewollt: eine Familie mit Kindern. Vor über einem Jahr hatte sie mit Markus darüber gesprochen, und seine Reaktion hatte sie sehr enttäuscht: »Du willst Kinder?«, hatte er ungläubig gefragt. »Aber, Schatz, wir haben doch uns!«

Svea hatte erklären müssen, warum ihr das nicht ausreiche, und Markus war regelrecht beleidigt gewesen. »Kinder sind etwas für Paare, die sich nichts mehr zu sagen haben«, hatte er behauptet.

Svea war es nicht gelungen, sich ihm verständlich zu machen. Sie hatte es nicht geschafft, ihn dazu zu bringen, dass er seinen weißen Porsche gegen eine Familienkutsche eintauschen wollte, und hatte es nicht vermocht, ihm zu erklären, wie groß ihre Sehnsucht nach eigenen Kindern war. Monatelang hatte sie sich gequält, bis sie endlich eingesehen hatte, dass es mit Markus keine gemeinsame Zukunft gab. Sie hatte ihn zum Abendessen in ihr Häuschen eingeladen und ihm bei Kohlrouladen und Kartoffeln mitgeteilt, dass sie sich trennen musste, weil ihre Zukunftspläne nicht deckungsgleich waren. Markus hatte einen Schluck Rotwein getrunken, hatte ihn im Mund hin und her gerollt, schließlich hinuntergeschluckt und hatte sie dann ohne Gemütsbewegung angeblickt. »Willst du dir das nicht noch einmal überlegen?«, hatte er gefragt.

Svea hatte den Kopf geschüttelt. »Nein, Markus. Ich möchte Kinder haben, eine richtige Familie.«

»Lass uns später noch einmal darüber sprechen, ja? Lass uns noch ein paar Jahre das Leben genießen. Irgendwann werden wir uns zur Ruhe setzen, dann kannst du ruhig ein Kind bekommen.«

»Markus, du verstehst mich nicht. Ich möchte mich nicht zur Ruhe setzen, wie du es nennst. Ich möchte so viel vom Leben haben, wie es nur geht. Aber dafür brauche ich keine Sternerestaurants, dafür brauche ich einfach nur ein richtiges Zuhause, einen Ort, an dem ich die sein kann, die ich bin.«

»Und das kannst du mit mir nicht?«, fragte Markus nach und goss sich noch ein wenig Rotwein ins Glas.

In diesem Augenblick wurde Svea klar, dass sie mit ihm tatsächlich eine andere war. Sie war mit ihm eine Frau, die sie eigentlich gar nicht sein wollte, und sie erschrak, als ihr das klarwurde.

»Markus, es hat wirklich keinen Sinn. Ich wünsche mir ein Leben, das du mir einfach nicht bieten kannst.« Dann war sie aufgestanden und hatte gesagt: »Ich möchte, dass du jetzt gehst.« Doch Markus war sitzen geblieben. »Jetzt sei doch nicht so«, hatte er gesagt und einen Schluck aus seinem Glas getrunken, als wäre alles in bester Ordnung, während Sveas Herz gegen ihre Rippen trommelte, als wollte es ausbrechen. »Wir können doch einfach weiter wie bisher zusammen sein. Und wenn du dann einfach Mister Right triffst«, er hob das Glas und prostete ihr zu. »oder ich Misses Right, dann können wir uns immer noch trennen.«

Svea blickte Markus fassungslos an. »Aber dann leben wir eine Lüge«, stammelte sie.

Markus lächelte schief. »Lieber eine Lüge leben, als allein zu sein.«

Plötzlich hatte Svea begriffen, dass das, was zwischen ihnen war, keine Liebe gewesen war. Und sie hatte begriffen, dass Markus kein so souveräner Mann war, wie er vorgab zu sein. Er war ein Mann mit vielen uneingestandenen Ängsten.

»Ich möchte, dass du jetzt gehst«, hatte sie wiederholt. An ihrem Ton war wohl zu hören gewesen, dass sie es ernst meinte, denn er stand auf. Auf der Türschwelle drehte er sich noch einmal um: »Ruf mich an, wenn dein Nestbautrieb abgeklungen ist«, sagte er.

Svea hatte nicht angerufen. Die ersten arbeitsfreien Wochenenden waren hart gewesen. Sie hatte nichts mit sich anzufangen gewusst. Aber dann hatte sie Bolle bekommen, und Bolle war für sie mehr als ein Hund. Er war ihr Freund, ihr Kamerad. Später hatte sie Ben und Mina und

Malte kennengelernt, und etwas war mit ihr passiert. Sie hatte die drei vor sich gesehen und hatte sich gewünscht, die Vierte in ihrem Bunde zu sein. Doch Malte hatte Cornelia, und wenn Svea auch nicht glaubte, dass zwischen den beiden die große Liebe herrschte, so hatte Cornelia ihr doch unmissverständlich klargemacht, dass sie Ansprüche auf Malte erhob. Svea hatte es sehr bedauert, dass Malte nicht frei war, und es war ihr sehr schwergefallen, die Neubauers nicht mehr zu sehen, doch ein Ende mit Schrecken war besser als ein Schrecken ohne Ende. Trotzdem schaute sie, wenn sie mit Bolle am Strand spazieren ging, nach Mina und Ben. Ja, sie hatte sich sogar dabei ertappt, dass sie mehrfach durch den Deichweg gefahren war, obgleich ein anderer Weg kürzer gewesen wäre.

Svea streckte sich. Heute war Weihnachten. Keine gute Gelegenheit, um sich Dinge zu wünschen, die nicht zu haben waren. In diesem Augenblick klingelte ihr Bereitschaftstelefon. Svea hörte zu, sagte: »Ich bin schon auf dem Weg.«

Und nur wenige Minuten später saß Svea in ihrem Jeep und fuhr, so schnell sie nur konnte.

12. Kapitel

Eigentlich war sie so müde, dass sie am liebsten gleich zu Bett gegangen wäre. Aber heute war der Heilige Abend, und Svea hatte noch etwas vor. Sie wollte nur kurz klingeln und etwas abgeben, es würde bestimmt nicht lange dauern, aber sie hatte sich so hübsch gemacht, als hätte sie ein Rendezvous. Sie wollte Malte beeindrucken, wollte ihm den Atem rauben. Sie hatte sich extra für den Abend die Fingernägel lackiert und die neue Wimperntusche aufgetragen. Ihre Lippen hatte sie mit knallrotem Lippenstift betont. Ja, sie sah toll aus. Und sie hoffte inständig, dass Malte das genauso sehen würde.

Hinter ihr bellte es. Die Ampel war auf Grün gesprungen, und als hätte Bolle gemerkt, dass Svea nicht ganz bei der Sache war, gab er nun Laut, wie um ihr zu sagen, dass sie weiterfahren solle. Svea fuhr an und bog bei der nächsten Gelegenheit rechts ab. Hoffentlich finde ich schnell einen Parkplatz, dachte sie. Und tatsächlich. Am Ende der Straße parkte soeben ein Mann aus.

Svea fuhr auf den frei gewordenen Parkplatz und besah sich anschließend noch einmal kritisch im Rückspiegel.

Sie öffnete die Lippen, um zu sehen, ob sie Lippenstift an den Zähnen hatte, zupfte sich eine Haarsträhne zurecht und überprüfte dann, ob es Bolle in seiner Transportbox warm genug hatte. Sie strich dem kleinen Hund dabei über den Kopf, murmelte ein »Bis gleich, mein Kleiner« und war schon aus dem Wagen gesprungen, um zur Kirche zu eilen.

Im Deichweg herrschte reges Treiben. Ben und Mina hüpften aufgeregt umher und schauten alle Augenblicke aus dem Fenster. Seit Malte ihnen verraten hatte, dass der Weihnachtsmann nicht wie sonst während des Gottesdienstes die Geschenke bei ihnen abliefern würde, sondern höchstpersönlich vorbeischauen würde, kamen Ben und Mina aus dem Plappern nicht mehr heraus. Selbst das sonst so bei ihnen beliebte Krippenspiel hatten sie nur ungeduldig über sich ergehen lassen, in der Angst, den Weihnachtsmann zu verpassen, wenn sie statt zu Hause in der Kirche waren. Ben hatte selbst seinem Freund Lasse nur ein schnelles »Fröhliche Weihnachten« zugeraunt und war zum Ausgang gestürmt. Beruhigt hatten sie zu Hause dann zwar festgestellt, dass der Weihnachtsmann tatsächlich noch nicht da gewesen war, doch das hatte ihre Ungeduld nur gesteigert. Schließlich konnte er jeden Moment um die Ecke kommen.

Malte rührte in einem großen Topf Kakaopulver in die heiße Milch, aus der Musikanlage erklangen Weihnachtslieder. Er verteilte den Kakao in drei Tassen, gab in eine einen ordentlichen Schuss Rum und bedeutete dann den Kindern, sich an den Tisch zu setzen.

Mina nahm vorsichtig eine mit Kakao und Schlagsahne befüllte Tassen von der Arbeitsplatte in der Küche. Wie zufällig streifte ihr Blick das Fenster. Von hier aus konnte sie zu Cornelia hinübersehen. Die Nachbarin stand in ihrem Wohnzimmer und lächelte Markus Schmidt mit schief gelegtem Kopf an. Sie hielt ein Sektglas in den Händen und stieß mit dem Zahnarzt an. Dr. Schmidt stellte eine kleine, sehr edle silberne Tüte auf den Tisch. Daraus holte er eine kleine Schachtel, die mit einem roten Band verziert war. Cornelia schlug sich beide Hände vor den Mund, wie als wollte sie ein Quieken unterdrücken. Sie nahm die Schachtel, zog an der Schleife, damit sie sich löste, und öffnete sie. Diesmal kam tatsächlich ein Quieken aus ihrer Kehle, dass Mina quasi in der Küche ihres Zuhauses hören konnte. Cornelia fiel dem Mann, diesem Doktor Markus Schmidt, um den Hals.

Mina lächelte. Vielleicht war Cornelia gar nicht so schlecht, dachte sie, aber sie war trotzdem froh, dass die Nachbarin wahrscheinlich nun nicht mehr jeden Tag bei ihnen klingeln würde. Zufrieden trug Mina ihre Tasse ins Wohnzimmer. In der Mitte des Tisches stand eine silberne Plätzchenschale, am Baum brannten die Kerzen.

Kaum hatte sich Mina an den Tisch gesetzt, als es an der Haustür läutete. Mina erstarrte und musste schlucken. Plötzlich hatte sie eine ganz trockene Kehle, und ihr fielen alle Missetaten ein, die sie in diesem Jahr begangen hatte. Auch Ben hatte die Augen aufgerissen und rückte ein bisschen näher an Malte heran.

»Ben, Mina, wollt ihr nicht gucken, wer da geläutet hat?«, fragte Malte.

Ben und Mina schauten sich an, dann atmete Mina tief ein und aus, packte ihren Bruder bei der Hand und begab sich mit ihm zur Tür.

Vor Staunen blieb ihnen der Mund offen stehen, denn wer da vor ihnen stand, war in der Tat der Weihnachtsmann! Groß war er, und er hatte den typischen weißen Bart, dunkle Stiefel und einen roten Anzug an. Neben ihm stand ein großer Sack.

»Fröhliche Weihnachten«, rief er und strich sich gemütlich über seinen dicken Bauch. »Darf ich reinkommen? Ich habe hier etwas für euch.«

Irgendwie klang die Stimme bekannt, doch Mina kam einfach nicht darauf, woher.

Der Weihnachtsmann trat ein und ging direkt durch den Flur ins Wohnzimmer. Ben und Mia folgten ihm. Ihr kleiner Bruder hüpfte vor Aufregung hin und her. Er hatte ganz rote Wangen und zupfte in einer Tour an seinem Pullover herum. Auch Minas Herz schlug einen rascheren Takt. Nur ihr Vater stand ruhig vom Tisch auf und reichte dem Weihnachtsmann die Hand: »Wie schön, lieber Weihnachtsmann, dass du Zeit hattest, heute bei uns vorbeizuschauen. Darf ich dir eine Tote Tante anbieten? Und vielleicht auch ein paar selbstgebackene Plätzchen?«

»O ja, sehr gerne. Ich bin heute schon den ganzen Tag unterwegs und hatte noch keine Zeit, etwas zu essen oder zu trinken. Und eine Tote Tante und Plätzchen würden mich jetzt wieder stärken«, antwortete der Weihnachtsmann und ließ sich in einen Sessel sinken, der im Wohnzimmer in der Nähe des Kamins stand. Den Sack stellte er neben sich. Dabei löste sich die Kordel, der schwere graubraune Tuchstoff fiel zur Seite, und zum Vorschein kamen mehrere hübsch verpackte Geschenke in unterschiedlichen Formen und Größen.

Mina und Ben bekamen bei diesem Anblick leuchtende Augen. Doch sie wagten es nicht, einen Schritt näher zu kommen oder gar die Geschenke anzufassen. Zu groß war die Ehrfurcht vor dem Weihnachtsmann. Hand in Hand standen sie da und starrten den Weihnachtsmann an, als könnten sie noch immer nicht recht glauben, dass er ausgerechnet bei ihnen geklingelt hatte.

Der Weihnachtsmann nahm einen großen Schluck aus seiner Tasse, so dass ihm etwas Schlagsahne am Bart klebenblieb. Mina betrachtete ihn ganz genau, und sie fand, dass der Weihnachtsmann ein wenig Ähnlichkeit mit Ole, dem Postboten, hatte. Er trug auch das gleiche Lederarmband wie Ole.

Der Weihnachtsmann stellte die Tasse neben sich auf einem Tischchen ab und begann genüsslich die Plätzchen zu essen. Dabei schwieg er. Die Anspannung bei Mina und Ben wuchs, sie war förmlich im ganzen Raum zu spüren. Ben atmete mit offenem Mund und stieß kleine

Seufzer aus, während Mina die Unterlippe zwischen die Zähne gezogen hatte und darauf herumbiss.

Als der Weihnachtsmann den letzten Bissen heruntergeschluckt und noch einen Schluck aus seinem Becher getrunken hatte, blickte er Ben und Mina an.

»Meine Aufgabe als Weihnachtsmann ist es, euch zu fragen, ob ihr lieb gewesen seid. Also: Wart ihr lieb?«

Mina und Ben blickten sich unschlüssig an.

»Na ja, wir waren nicht immer lieb, aber die meiste Zeit schon«, gestand Ben. Und Mina fügte hinzu: »Wir haben uns aber fast immer angestrengt.«

Der Weihnachtsmann lächelte. »Na gut. Das war wenigstens ehrlich.« Nachdenklich betrachtete er die beiden Kinder, die vor ihm standen.

»Was habt ihr euch denn gewünscht?«

»Ein Feuerwehrauto«, antwortete Ben mit leuchtenden Augen.

»Eine Puppe« antwortete Mina.

Der Weihnachtsmann wühlte in dem Sack, der neben ihm stand. Er holte ein großes Päckchen mit rotem Geschenkpapier und grünen Weihnachtsbäumen heraus und reichte es Ben, der sich lautstark bedankte und dann sofort daran ging, das Papier abzureißen. Dann steckte der Weihnachtsmann erneut seine Hand in den Sack mit den Geschenken und holte ein in grünes Papier und mit weißen Schneemännern bedrucktes Paket heraus und reichte es Mina. Sie stand einen Augenblick lang stockstarr da, dann lächelte sie und bedankte sich artig. Sie trug ihr Päckchen zum Küchentisch und sah ihren Vater an.

»Ja, du darfst es aufmachen.« Malte betrachtete liebevoll seine Kinder. Wie schön es war, ihnen eine Freude zu machen. Ihre leuchtenden Augen zu sehen. Ihr ehrliches, glückliches Jubeln über die Geschenke, die sie nach und nach auspackten, zu hören.

Schließlich räusperte sich der Weihnachtsmann. »Wie mir scheint, seid ihr ganz zufrieden mit dem, was ich euch mitgebracht habe.«

Die beiden Kinder nickten eifrig.

»Ich hab also alles richtig gemacht?«, fragte der Weihnachtsmann weiter. »Oder habe ich etwas vergessen? Waren das eure sehnlichsten Weihnachtswünsche?«

Ben nickte eifrig, aber Mina fiel noch etwas ein. »Und Papa? Bekommt Papa kein Geschenk?«

Malte und der Weihnachtsmann wechselten einen kurzen Blick, ehe der Weihnachtsmann antwortete: »Für die Geschenke der Erwachsenen bin ich nicht zuständig, nur für die der Kinder. Wisst ihr, erwachsen sein heißt nämlich, sich selbst und seine Liebsten hin und wieder zu beschenken.«

Ben nickte und wandte sich sogleich wieder seinem roten Feuerwehrauto zu, Mina aber blickte nachdenklich. »Dann gibt es den Weihnachtsmann also und zugleich gibt es ihn nicht?«, fragte sie.

Malte strich ihr über den Rücken. »Ja. So ähnlich ist es wohl. Den Weihnachtsmann gibt es nur für eine bestimmte Zeit im Leben. Danach ist man für die Geschenke selbst verantwortlich.«

Mina schluckte.

Malte hatte den Eindruck, als wollte sie noch etwas sagen, doch dann nickte sie nur und lächelte still.

»Seid ihr mit euren Geschenken zufrieden, oder habe ich etwas vergessen? Ist da noch ein Wunsch offengeblieben?«

Ben und Mina sahen sich erschrocken an. Sie hatten die Dinge bekommen, die sie auf ihren ersten Wunschzettel geschrieben hatten. Aber sie hatten ja einen zweiten Wunschzettel an den Weihnachtsmann geschickt. Im Geschenkerausch hatte sie das beinahe vergessen.

»Es gab noch einen zweiten Wunschzettel«, gestand Mina und sah hilfesuchend zu ihrem Vater.

»Was stand denn auf dem zweiten Wunschzettel?«, fragte der Weihnachtsmann sanft und streckte eine Hand nach Mina und Ben aus.

Ben hielt mit einer Hand sein neues Auto an die Brust gedrückt und stand direkt vor dem Weihnachtsmann, während Mina sich scheu ein wenig abseits hielt.

»Wir ... wir wünschen uns auch noch eine neue Mami«, brachte Ben hervor und lief zu seinem Vater, um sein Gesicht in dessen Pullover zu vergraben. Auch Mina eilte zu Malte und drückte sich fest an ihn. Ein paar Tränen liefen an ihren Wangen herunter.

»Psch, psch, psch«, machte Malte und wiegte beide Kinder in seinen Armen. »Warum weint ihr denn da? Das ist doch ein berechtigter Wunsch.« Er ging in die Knie, um seine Kinder fest an sich drücken zu können.

»Wir hatten Angst, dass Cornelia unsere neue Mama wird«, gestand Mina.

Ben flüsterte beinahe: »Kann nicht Svea unsere neue Mama sein?«

Hilflos blickte Malte zum Weihnachtsmann, dem beim Anblick dieser beiden Kinder die Augen feucht wurden.

Malte nahm seine Kinder in den Arm. »Manche Dinge kann man sich nicht wünschen«, sagte er leise. »Für manche Dinge ist der Weihnachtsmann nicht zuständig.«

Mina seufzte. Dann erklärte sie: »Dann hat Jasper doch recht gehabt. Die Geschenke kaufen die Eltern.«

»Wie kommst du denn darauf?«, wollte Malte wissen.

»Na ja, alles, was man kaufen kann, hat der Weihnachtsmann gebracht. Aber das könnten Eltern ja auch. Für die Dinge, die man nicht kaufen kann, braucht man den Weihnachtsmann und seine Zauberkräfte. Aber eine neue Mama hat er uns nicht gebracht. Also könnte es sein, dass es den Weihnachtsmann nicht wirklich gibt, sondern dass ein Erwachsener nur so tut, als gäbe es ihn. Er verkleidet sich. Versteht ihr?«

Mina blickte ein wenig zweifelnd zwischen ihrem Vater und dem Weihnachtsmann hin und her. Dann griff sie nach der Hand des Weihnachtsmannes und sagte: »Sei nicht traurig, Ole, dass ich dich erkannt habe. Ich finde, du warst der beste Weihnachtsmann, den es gibt.«

Mina hatte das letzte Wort noch nicht ganz ausgesprochen, als es plötzlich an der Tür klingelte. Malte zog die Stirn kraus. »Wer kann das sein? Heute? Am Heiligen Abend?«

Auch Mina wunderte sich, nur Ben meinte: »Das ist sicher Cornelia. Wahrscheinlich brennt ihr Weihnachtsbaum.«

Malte ging zur Tür. Er nahm die Klinke in die Hand und zögerte einen Augenblick, doch dann öffnete er.

Vor der Tür stand Svea. Atemlos und mit roten Wangen. »Verzeih bitte«, sagte sie leise. »Aber ich musste einfach kommen.«

Malte trat zur Seite. »Komm rein«, erwiderte er. »Wir freuen uns, dass du da bist.«

Aber Svea schüttelte den Kopf. »Es ist Weihnachten, das Fest der Familie. Ich will wirklich nicht stören, sondern nur etwas abgeben.« Dann öffnete sie mit der linken Hand den Reißverschluss ihres Parkas, und hervorkam – eine winzig kleine Katze, die herzhaft gähnte.

»Och«, rief Mina und stürzte sich auf das kleine Tier. Behutsam legte Svea ihr das Kätzchen in den Arm. »Es hat seine Mutter verloren«, erklärte sie. »Sie und ihre drei Geschwister waren ganz allein. Und jetzt suche ich Pflegeeltern für sie.«

Svea blickte zu Malte, und Malte blickte Svea an. Sie schwiegen, doch Mina war davon überzeugt, dass sich ihre Blicke ganz viel sagten. Mehr vielleicht, als es Worte vermocht hätten. Ben wollte zu Svea, doch Mina hielt ihn zurück. »Warte!«, flüsterte sie.

»Worauf denn?«, wollte Ben wissen.

»Auf das Weihnachtswunder.«

Doch schon war dieser besondere Augenblick vorbei, und Svea ging in die Knie, damit auch Ben das Kätzchen sehen konnte.

Ben strich mit der Hand ganz sanft über das Fell des kleinen Tieres. »Sie kann bei mir im Zimmer schlafen. Und ich würde ihr jeden Tag Milch geben.«

Svea blickte Malte fragend an.

»Ja. Für eine kleine Katze haben wir noch Platz, oder, Kinder?«, sagte er.

»Ja!«, jubelte Mina, und Ben strahlte über das ganze Gesicht.

»Gut. Das freut mich. Und jetzt wünsche ich euch frohe Weihnachten.« Svea zog den Reißverschluss ihres Parkas hoch und wollte sich umdrehen.

»Halt«, rief Malte. »Du hast noch etwas vergessen.«

Svea blieb stehen. »Was denn?«, fragte sie, und da zog Malte sie einfach in seine Arme und küsste sie. »Das hier«, murmelte er. »Bitte bleib bei uns und lass uns zusammen feiern.« Dann nahm er ihre Hand und zog sie einfach ins Wohnzimmer, wo noch immer der Weihnachtsmann saß.

Der zwinkerte Mina zu und flüsterte: »Na? Meinst du immer noch, dass es den Weihnachtsmann nicht gibt?«

Mina flüsterte zurück. »Ich weiß jetzt, dass es den Weihnachtsmann nicht gibt, Ole. Aber dafür habe ich erfahren, dass es das Weihnachtswunder gibt.«

Epilog

Ein Jahr später

»Jetzt mach schon! Wegen dir werden wir alle noch zu spät kommen!« Mina sah Ben vorwurfsvoll an. »Was trödelst du denn so rum?«

»Ich kann aber meine Schuhe nicht finden«, protestierte Ben lauthals, der sich ungerecht behandelt fühlte.

»Die hat Svea gestern Abend noch in den Flur gestellt, damit du sie auf jeden Fall findest.« Mina verdrehte die Augen. »Los jetzt!«

Mit diesen Worten wandte sie sich um und stürmte die Treppe hinunter, wo ihr Vater und Svea schon ungeduldig warteten. Nur Bolle lag noch tiefenentspannt in seinem Körbchen am Kamin und betrachtete die Hektik aus zusammengekniffenen Augen. Es war, als würde er wissen, dass er ohnehin zu Hause bleiben musste.

Kurz darauf kam auch Ben die Treppe heruntergestolpert, zog sich eilig seine Schuhe an und schlüpfte in seinen Anorak. Mina hielt ihm die Mütze hin und schob ihn gleichzeitig aus der Haustür.

Sie fuhren mit dem Bus nach Westerland rein und stiegen am Bahnhof aus. Seit Tagen schneite es, und der Wind pfiff eisig um die Häuserecken. An den Straßenseiten türmten sich die Schneemassen, die langsam von den Abgasen und dem Dreck der Autos graubraun wurden. Die Menschen gingen nur noch aus dem Haus, wenn sie etwas Wichtiges zu erledigen hatten. Der Weihnachtsmarkt in Westerland, der eigentlich immer gut besucht war, hatte seit fast einer Woche nur ein Minimum an Besuchern zu verzeichnen gehabt. Selbst die Touristen, die jedes Jahr kurz vor Weihnachten auf die Insel strömten, um hier ein luxuriöses Weihnachtsfest mit gutem Champagner, teuren Geschenken und exquisitem Essen zu feiern, waren nicht so zahlreich erschienen wie sonst. Vermutlich hatten etliche von ihnen es sich beim Anblick des Wetterberichts kurzfristig anders überlegt und statt eines Hotelzimmers auf Sylt ein Flugticket in den Süden gebucht.

Eigentlich war es kein Wetter, um in schicken Schuhen aus dem Haus zu gehen und durch die Pfützen der Stadt zu laufen. Doch Malte, Svea, Mina und Ben hatten einen wichtigen, besonderen, schönen Grund, für den sie auch noch viel weiter durch das Schmuddelwetter gestiefelt wären.

Sie überquerten den Bahnhofsplatz, bogen nach rechts in die Stephanstraße ein und kamen kurz darauf am Sylter Stadtmarketing vorbei, auf dessen Vorplatz sich die großen grünen Figuren genauso gegen den Wind stemmten wie alle Passanten. Kurz darauf hatten sie die Inselverwaltung erreicht und traten durch die große Tür ins Innere des Gebäudes.

Erna und Walther sowie Ole und seine Freundin Saskia, Sveas Eltern, ihre Onkel und Tanten sowie ihre Geschwister samt Familien waren schon da und begrüßten sie überschwänglich. Alle waren elegant angezogen, hatten ihre schönsten Kleider, Hosen und Anzüge aus den Schränken geholt, die Schuhe noch besser geputzt als zum Nikolaustag und strahlten, als wollten sie die fehlenden Sonnenstrahlen ersetzen.

»Ein Hoch auf Svea und Malte«, rief jemand. »Ein Hoch auf das Brautpaar!«, rief ein anderer, und alle Umstehenden fingen an zu klatschen.

Malte und Svea blickten sich tief in die Augen. Ja, das war ihr Moment, ihr Tag. Heute würden sie Mann und Frau werden. Ab heute würden sie mit Mina und Ben eine richtige Familie sein.

»Lasst uns unserem Traum wahrmachen«, rief Malte seinen Gästen zu und schritt mit Svea an seiner Seite, dicht gefolgt von Mina und Ben, die Treppe zum Trauzimmer empor.